DREAMBOOKS

DREAMBOOKS

DREAMBOOKS

화염포식자
불빨

이루다 현대판타지 장편소설

dream books
드림북스

불뺄 – 화염포식자 9

초판 1쇄 인쇄 2016년 12월 23일
초판 1쇄 발행 2017년 1월 3일

지은이 이루다
발행인 오영배
기획 박성인
책임편집 이신옥
일러스트 최단비
표지·본문 디자인 권지연
제작 조하늬

펴낸곳 (주)삼양출판사·드림북스
주소 서울시 강북구 도봉로 173
대표 전화 02-980-2112 **팩스** 02-983-0660
편집부 전화 02-980-2116 **팩스** 02-983-8201
출판등록 1999년 3월 11일 제9-00046호

ⓒ 이루다, 2016

ISBN 979-11-283-9074-6 (04810) / 979-11-313-0589-8 (세트)

+ (주)삼양출판사·드림북스의 서면 허락 없이는 어떠한 형태나 수단으로도 이 책의 내용을 이용하지 못합니다.
+ 지은이와 협의하에 인지는 생략합니다. 잘못된 책은 구입한 곳에서 바꾸어 드립니다.
+ 이 도서의 국립중앙도서관 출판시도서목록(CIP)은 서지정보유통지원시스템홈페이지(http://seoji.nl.go.kr)와
  국가자료공동목록시스템(http://www.nl.go.kr/kolisnet)에서 이용하실 수 있습니다. **(CIP제어번호: 2016031659)**

드림북스는 (주)삼양출판사의 판타지·무협 문학 브랜드입니다.

화염포식자

불빨

9

이루다 현대판타지 장편소설

MODERN FANTASY STORY & ADVENTURE

dream books
드림북스

목차

Chapter 1. 어? 뭐!? 이런!?	007
Chapter 2. 위력 발휘	033
Chapter 3. 인외도(人外道)	061
Chapter 4. 라바 스폰 사냥	089
Chapter 5. 포식, 또 포식	117
Chapter 6. 출세인가?	131
Chapter 7. 진지하게	145
Chapter 8. 언제나 같은 실수를 반복하지	171
Chapter 9. 기이한 점괘	199
Chapter 10. 다시 그곳으로	227
Chapter 11. 통과! 또 통과!	255
Chapter 12. 사람의 형상	281
Chapter 13. 다음, 또 다음으로	309
Chapter 14. 어? 이게 돼?	337

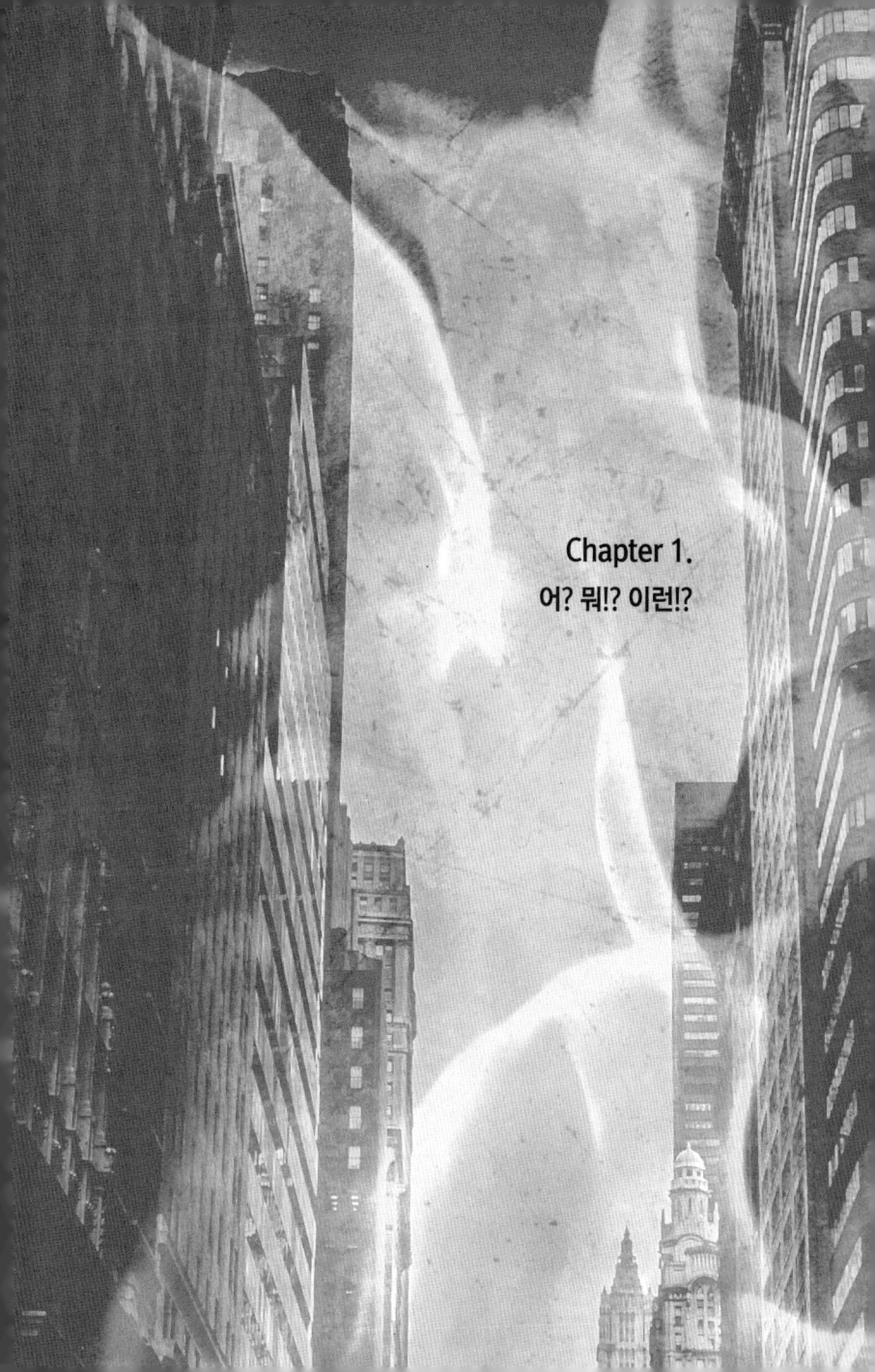

문제는 이거다.

지쳤다.

"하악…… 씨…… 가야 하는데."

몸이 제대로 움직이지 않는다.

짧은 전투지만, 격렬했기에 몸이 말썽이 난 느낌이다.

차라리 몬스터 웨이브에선 잠시라도 쉴 틈이 있었는데, 이번 전투는 그런 것도 없었다.

그동안의 전투 중에서 가장 치열한 대결이었던 느낌이다.

온몸이 산소를 필요로 하고, 은은하게 타오르고 있는 불이 나를 겨우 지탱해 주는 느낌이다.

남은 불의 기운이라도 없었더라면, 주저앉았을지도 모른다.

이능력이라고 하는 건 인간의 힘을 초월하게 해 주는데, 내 몸은 너무 비루해진 느낌이다.

'역시 이래서 스승님이 체력 단련을 시켰겠지. 무식해 보이는 수련으로.'

스승의 무지막지했던 수련의 이유도 알 만한 상황이었다.

이대로는 안 됐다.

가만 서 있을 수도 없고, 내가 무얼 하든. 그 사이에도 전투는 계속해서 이어지고 있으니까.

그러니 불의 기운으로 억지로 버틴다. 나는 서 있어야 하니까.

다른 한편으로는 검에 불의 기운을 조금씩 축적하기 시작했다. 다음을 위해서다.

"……제발. 제발."

내가 갈 때까지 아무런 일이 없기를 바라며, 전투를 주시했다.

이서영과 터틀맨의 전투였다.

　　　　　＊　　　＊　　　＊

전투는 중반을 지나가고 있었다.

"훗……."

―캬오!

김기환과 이름 모를 두루미 몬스터의 전투가 난타의 속도전이었더라면, 여기는 그 반대.

헤비급 복서들의 전투와 같았다.

서로가 묵직한 공격을 나누면서 한 방 한 방씩을 날리고 막는 묵직한 사내의 전투인 게 분명했다.

모순인 건 이서영이 여자라는 것 정도?

허나 이능력자 아닌가. 이능력자에 여자 남자 따지는 것도 우스웠다. 이능력자는 이능력자일 뿐, 평등하다.

그러니 오로지 근성과 힘의 대결이 이뤄시고 있는 거다.

―크롸락!

터틀맨이 물검으로 한 방 먹이려 하면.

파앙―

그걸 방패로 막고. 군데군데 난 방패의 가시로 물검을 비틀면서 손목을 꺾는다. 동시에.

"하앗!"

다른 한 팔에 있던 작은 방패를 길게 검처럼 뻗어서 터틀맨의 머리에 작렬!

—크으!

골이 울리는 듯 머리를 휘휘 저은 터틀맨이 정신을 차리고 이서영에게 몸통 박치기!

묵직한 공격들이 계속해서 오고 간다.

그러던 중.

'……결국 저기가 약점이었어.'

이서영의 눈이 빛난다.

터틀맨의 머리. 양옆으로 나 있는 작은 구멍. 무슨 역할을 하는 기관인지 몰라도 거기에 공격이 작렬하면 타격이 더 들어갔다.

흡사 해구마의 항문과 같은 약점인 듯했다.

하기는 저런 약점이라도 없었더라면, 터틀맨은 너무 상대하기 힘든 몬스터였다.

'한 방. 한 방을 노려야 해. 탱커라고 공격력이 전혀 없는 건 아냐. 약점을 노리면 돼.'

서로가 묵직하니 한 방씩 날리던 공방전에 변화가 생겼다.

변화의 시작은 이서영 쪽이었다.

그녀는 눈을 빛내기 시작할 때부터 조금씩, 조금씩 물러났다.

"하앗. 훗."

지친 척을 잔뜩 하면서!

터틀맨이 그에 흥이 올랐는지, 물검을 든 팔을 휘두르면서 이서영을 압박하기 시작한다.

'걱정 안 해도 되는데.'

움찔. 움찔.

저 멀리서 상황을 지켜보면서 몸을 움찔거리는 김기환이 이서영의 눈에 잠시 비친다.

걱정이 돼서 그러는 게 훤히 보였다.

위태로워 보이니 자신이 지켜줘야 한다고 생각하고 있는 거겠지. 김기환답다.

'그래도 지금은 괜찮아.'

지금은 되려 자신이 터틀맨을 점차 안으로 끌어들이는 거다.

후우웅— 후웅—

약한 척. 밀리는 척 페이크를 넣는 거다.

마치 두루미가 기환에게 페이크를 넣었던 것처럼!

하기는 그런 사실을 전투를 진행하던 이서영이 알 수 있으랴. 단지 머리를 쓰고 있을 뿐!

—크롸락!

그대로 물검이 날아오는 그 찰나.

보통이라면 방패를 비틀어 막았을 그 때!

'몸으로 받는다.'

이서영은 되려 방패를 역소환했다. 그리고 그대로 한 방을 맞았다.

퍼억—

"안 돼에!"

김기환의 놀란 목소리가 들린다. 상관없었다. 이서영은 바빴다.

'치유.'

스으으—

몸에 치유의 힘을 불어 넣어 타격이 들어가 경직된 몸을 풀어 준다.

—크롹!?

큰 기술을 날리고, 잠시 멈춰버린 그 빈틈을 그대로 노린다.

맞은 쪽은 이서영이 분명한데, 치유의 기술 덕분에 먼저 움직일 수 있는 쪽도 이서영이 됐다.

그대로 전진.

'방패를…… 변환!'

역소환시켰던 방패를 오른팔에 다시 소환. 왼팔에도 또 소환한다.

가시 방패? 아니다. 그 정도의 변환보다 더 간단한 변환이 필요했다.

검에 거의 가까운 방패.

얇은 방패.

그걸 필요로 했다.

스으으—

그녀의 의지를 받은 방패가 원하는 모양 그대로 만들어진다. 얇은 세검처럼 생긴 방패였다. 방패라기보다는 이제 검이라 하는 게 맞았다.

아이러니하게도 검의 모양은 터틀맨의 것과 비슷했다.

하기는 그게 중요한가.

"핫!"

당장 이서영이 몸을 날렸다는 게 중요하다. 그대로 점프를 한 몸이 터틀맨과 가까워진다.

—크라라!

터틀맨이 검을 버렸다. 대신 품에 들어온 이서영을 안아서 압살시킬 기세로 부둥켜안아 버리려 한다.

그대로 그녀를 압축시킬 기세다.

'그 정도. 버틸 수 있어.'

두 팔이 가까워진다. 퍼억. 타격이 들어갔다.

"웃."

"이 새끼가!"

김기환이 뒤를 노리고 다가오는 게 느껴진다. 상관없다.

터틀맨이 부둥켜안았어도, 그 자체가 어설펐다. 자신의 방패는 여전히 유지되고 있었다. 양팔도 여전히 자유로웠다.

오히려 터틀맨이 자신을 부둥켜안음으로써 터틀맨의 머리와 더 가까워졌다.

그녀의 눈에 독기가 스민다.

"죽어!"

양팔에 소환한, 방패가 아닌 검. 그것이 그대로 터틀맨의 머리 양옆에 나 있는 구멍에 박혀들어 버린다.

—……크콱?

터틀맨의 눈이 놀란 듯 커진다.

'아직 부족해!?'

하지만 죽어 쓰러지진 않았다. 타격이 들어갔는데도! 탱커로서의 딜의 한계일까!?

그러나 이서영 쪽도 끝이 아니었다.

예전의 주눅 들기만 했던 그녀가 아니라, 김기환과 있으며 같이 성장을 해 나갔던 그녀다.

김기환을 보면서 한 번이 안 되면 두 번, 두 번이 안 되면 수십 번이라도 아등바등하는 독기에 가장 전염된 건 그녀였다!
 그렇기에!
 '갈고리로.'
 스웅—
 구멍에 퍽하고 들어가 있는 방패를 검이 아니라 갈고리 모양으로 변환을 시켜 그대로!
 "으아아앗!"
 온몸에 힘을 다 실어서는 양팔을 길게 뻗어버린다.
 동시에 그녀의 팔과 연결되어 있던 갈고리 모양의 검이 구멍으로부터 튀어 나온다.
 —크라아아악!
 고통에 찬 터틀맨의 비명. 생으로 뇌수가 뽑혀지는데 정상일 수가 있겠는가.
 툭—
 그녀를 묶고 있던 양팔이 풀어진다. 힘이 빠진 그녀도 떨어진다. 하지만 갈고리는 그대로였다. 뇌수는 그대로 뽑어진다.
 이대로 모든 뇌수가 다 뽑어져 나올 때까지 멈추지 않겠다는 듯!
 고통에 겨워 뇌수를 질질 흘리면서 발악하던 터틀맨. 그 터틀맨이.

─크라……

마지막 단말마를 남기고서는 큰 굉음을 내며 바닥에 쓰러진다.

"읏……."

이서영의 바로 앞에서 시체가 널브러졌다.

터틀맨의 괴력을 이서영의 독기가 꺾은 순간이었다.

허나 그 순간. 승리의 순간이라고 하는 건 생각보다 길지 못했다. 승리를 즐기고 기뻐해야 할 시간을 주지 않았다.

거대한 대전.

그 안. 터틀맨의 널브러진 시체가 전에도 그러했던 것처럼 가루가 되어 흩날리기 시작한다.

'두 마리가 다?'

두루미의 시체도 마찬가지.

터틀맨이 죽기를 기다리고 있었다는 듯 피를 흘리며 죽은 두루미의 사체도 같이 가루가 되었다.

이 현상이 처음은 아니었다.

처음 짜가클롭스를 죽였을 때도 나타났던 현상이다.

문제는 하나가 아니라 둘이라는 것. 터틀맨 혹은 두루미 하나는 남을 줄 알았는데, 그런 상황이 아니었다.

둘 모두 가루가 됐다.

'하나로 합쳐지는 건가?'

김기환은 그리 예상했다.

언제나 각성체는 한 번에 하나가 나왔으니까. 이번에도 그러지 않을까 생각했다.

하지만 김기환의 예상은 깨어지라고 있는 것이 아니었던가.

"둘!?"

"헛."

두루미로부터도, 터틀맨으로부터도 둘 다 빛이 생성됐다.

두 개의 빛이 순식간에 형성된 거다. 무려 각성체가 두 개!

예상 밖의 상황에 놀라는 법이 거의 없는 운이철마저도 놀라는 세 보인다. 이건 그도 알 수 없는 상황이었던 듯하다.

이서영도 눈이 커진다.

두 개의 각성체가 셋의 눈을 가득 채운다. 거대한 대전 안은 두 개의 각성체가 나옴으로써 전보다 더 빛이 나는 듯했다.

이대로 흡수? 아니면 이서영이 전처럼 홀리기라도 할까?

전에 붉은 빛이 흘러나오는 각성체가 나왔을 때, 분명 이서영은 홀렸었다.

'막아야 해.'

그렇게 둬선 안 됐다.

운이철이야 이미 목숨을 걸고 왔다지만, 이서영도 목숨을 걸게 할 수는 없지 않은가.

운이철은 장진후 덕분에 어느 정도 살 확률이 높아졌다는 언질을 받았지만, 이서영은 아니었다.

그녀는 김기환이 알기로 일반 헌터와 같았다.

그러니 막으려 움직인다.

이서영 홀로 터틀맨을 잡은 것에 놀라서 멈췄던 육체를 이끌고서 달리려 한다.

허나 사람이 아무리 빨라도 빛보다 빠를 수가 있겠는가.

아무리 최상의 딜러라 하더라도 빛보다 빠를 수는 없었다! 그걸 지금의 장면이 증명해 버렸다.

후우웅— 홍—

두 개의 파란 빛.

불길하지만은 않은 빛을 뿌리던 두 개의 각성체 구체가 각자 가까운 자에게로 먼저 쏘아져 버렸다.

마치 지금 이 순간만을 기다리고 있었다는 듯!

"……읏."

빛을 맞은 운이철의 몸이 공중으로 떠오른다.

"아앗!"

이서영도 마찬가지. 그녀는 놀란 눈을 한 그대로 훅하고 몸이 떠올라 버렸다.

"이 미친!"

진정 순식간이었다. 생겨나자마자 바로 흡수가 돼 버릴 줄이야. 말릴 틈도 없었다.

그리고 그 상태 그대로 예상치 못한 각성이 시작돼 버렸다. 둘이나.

"……."

당황한 김기환은 생겨난 게이트는 무시를 한 채로 털썩 주저앉을 뿐이었다.

* * *

"뭐가 어떻게 돌아가는 건지."

털썩 주저앉아 있는 채로 이서영과 운이철을 봤다.

운이철? 원래부터 예상했던 바다.

애당초 그는 각성을 하기 위해서 이곳에까지 온 거다. 설사 각성이 되지 않는다면 죽을 각오까지 하고 왔다.

말만이 아니라, 실제 각성이 실패하게 되면 죽음이니 그나 나나 각오를 다지고 온 거다.

그러니 지금 공중에 반쯤 붕 떠올라서 빛을 흡수하고 있는 그의 모습까지는 예상했던 이야기란 소리다.

문제는 그 옆.

"이서영 씬데……."

그녀도 옆 편에서 빛을 잔뜩 흡수하고 있었다.

흑하고 흡수하면 쓰러지던 나와 다르게, 천천히 소화해 내는 모습이다.

허웅에게 들었던 것과 좀 이야기가 다르달까?

나는 매일 흡수할 때마다 볼품없이 쓰러졌던 거 같은데 말이지.

어쨌거나 이서영이 저리 흡수하고 있다는 거 자체가 정말 예상 외다.

"대체 어디서부터 꼬인 건지."

빛이 두 개? 보스가 두 마리 나온 거? 아니면 여기로 안내된 거?

딱 뭐 하나라고 말을 할 수가 없었다.

그래도 당장은 운이철이나 이서영의 가슴이 부풀어 올랐다가 내려오길 반복하니 다행이다.

즉사는 아니니까.

어쩌면 둘 다 살 수 있을 확률이 있어 보였다.

그러니 그제서야 머리에 여유가 좀 생기는 느낌이다.

'어쩐다······.'

투박하지만 굉장히 큰 대전 안을 가만 살피며, 다음을 어찌할지 생각했다.

저들이 깨어날 때까지 여기서 시간을 보내야 할까?

아니면 게이트를 타고 나가서 시간을 보내야 할까?

저 빛이 있는데 움직여도 괜찮을까 하는 그런 생각들이 머리를 스쳐 간다.

뭘 아는 것도 없고, 각성에 관해서는 스승마저도 개개인마다 다르다고 말해 준 터라 결정을 내리기 힘든 상태였다.

"으으······."

이럴 때면 할 줄 아는 게 없는 건가.

영화 속 주인공처럼 척하니 일을 해내고 싶은데 그런 게 잘 안 된다.

그러니 현실이겠지.

괜히 지끈거리는 머리를 부여잡아 본다.

그런데?

"뭘 또 그리 고민하고 계십니까?"

방금 전까지만 해도 빛에 둘러싸여 있던 운이철이, 어느새 미소를 보이며 날 바라보고 있었다.

*　　*　　*

나는 삼 일씩 쓰러져 있지 않았나.

단지 내가 고민했던 건 이 사람을 쓰러진 채로 데려가야 하냐, 여기서 지켜봐야 하냐였다.

그런데 이 양반은 뭐 한 시간도 안 돼서 정신을 차리고 앉아 있다.

'스승이 개개인마다 다르다고 하긴 했어도……'

이건 좀 너무하지 않나?

한번 흡수할 때마다 쓰러져 대는 나랑 너무 차이가 나잖아?

그런데 이 양반은 왜 이리 멀쩡하냐고. 걱정했던 게 다 바보 같은 짓이 된 느낌이다.

"와씨. 사기캐……."

"뭐가요?"

운이철에게 따지듯 물었다.

"아니 원래 이럴 때는 막 급박하게 땀도 좀 흘리고, 힘들어하고 그래야 하는 거 아닙니까?"

"예? 설마 제가 힘들지 않은 게 억울한 겁니까!?"

"설마요! 그래도 각성이라고 하는 게 다 목숨 걸고 하는 일인데, 이게 어찌 그리 쉽게 됩니까?"

나는 개고생했는데. 흡수할 때마다 제대로 힘도 못 가지지 않았나.

근데 운이철은 상쾌해 보인다.

마치 자신의 힘을 다 깨달은 느낌?

뭔가 이상하다 싶어서 물었다. 너무 상쾌해 보였거든. 마치 그 자신이 이능력이 된 것처럼.

"설마 힘도 다 각성한 겁니까!? 자신의 이능력이 뭔지 알아요!?"

"음…… 감은 잡은 거 같은데요? 보자. 저기 이서영 씨부터 봐 볼까요."

헐?

화아아악—

운이철이 당당하게 이능력을 사용한다.

그의 몸에서 투명하고 은은한 빛이 흩뿌려지는데, 투명하기보다는 흰빛에 가까웠다. 우윳빛 같달까.

운이철을 치료해 줬던 장진후 그 양반과 비슷하면서도 다른 빛이었다.

"흠…… 이게 요령이려나요."

"……미친."

그 빛이 한데 모이더니 그의 눈을 향한다.

그의 온몸을 감싸던 빛이 그의 눈으로 전부 흡수되자 약한 갈색 빛을 띠는 그의 눈동자가 완전히 하얗게 된다.

백안이 된 거다.

그 상태 그대로도 그는 아무렇지 않은 듯 입을 열었다.

"다 미리 연구한 게 있어서 이게 되는 겁니다. 그나저나 삼 초네요? 지금부터 삼."

"예? 그게 무슨 개소린지."

"이."

"뭔 말을 좀 제대로 합시다!"

"일!"

그때 딱 시작, 아니 끝이었다!

"아웃!"

이서영이 옅은 신음을 내면서 눈을 떴다.

화아악—

빛이 전부 그녀에게 빨려가듯 흡수가 된다. 할 일을 다 했다는 듯 모두 그녀에게 흡수가 된 거다.

그러자 그녀의 몸이 여신이 강림하듯 천천히 아래로 내려온다.

투박하지만 거대한 대전 아래에서, 아름다운 이서영이 내려오는 장면은 꽤 그럴싸했다.

그녀의 미소를 볼 때와는 또 다른 감동 같은 게 느껴졌다.

'역시 이뻐. 아니 이게 아니고! 뭔 각성이 이리 쉬웠던 거냐!'

괜히 억울한 생각이 들었다.

예전에 빨간 빛을 흡수했을 때, 그녀를 대신해서 내가 흡수했던 이유가 뭔가.

그녀가 죽을까 봐서였다!

지금도 운이철을 몇 번이고 말렸던 이유가 뭔가! 죽을까 봐서다!

공격대원들 앞에서 티는 내지 못해서, 말은 안 했지만 속으로는 아주 끙끙 앓았다.

이왕이면 그가 각성을 위해서 목숨을 걸지 않기를 바랐고, 이서영도 이런 식으로 목숨을 걸지는 않았으면 했다.

찌질했던 내가 어렵사리 찾은 인연들인데 쉽게 죽지 않기를 바라는 건 당연한 거 아닌가!

'아는 사람이 죽을 수도 있는 걸 누가 좋아해!'

그런데 지금 보니 내가 억울함이 느껴질 만큼 쉽게 한다.

쓰러지지도 않고, 그렇다고 어디 아픈 기색이 느껴지지도 않는다!

되려 둘 다 상쾌한 표정만 짓고 있지 않나.

"맞죠? 후후."

백안을 없애고 상쾌한 표정을 짓는 운이철을 사뿐히 무

시했다. 대신 이서영에게 물었다.

"괜찮습니까!?"

"네! 근데 이거…… 정말 좋은데요? 헤헤."

"뭐, 벌써 힘의 종류가 뭔지 깨닫고 그런 겁니까!? 네!?"

"기환 씨, 먼저 흥분을 가라앉혀 봐요. 으음. 대충은요? 그치만 아직이에요. 감만 잡은 느낌이라구요."

"……와, 사기."

뭔가 허탈함이 느껴졌다.

개개인마다 각성 방법이 다르고, 시기가 다르다는 건 이미 들어서 알고 있다고!

근데 이걸 내가 왜 되뇌는 줄 알아!?

'억울하니까!'

나는 각성하는 데 목숨의 위기를 겪고, 그 전에는 감도 못 잡고 헤매지 않았나.

근데 이 사람들은 벌써 감을 잡아!?

거기다 운이철은 이능력도 처음 쓰는데 아주 익숙해 보인다.

굳이 각성체의 각성이 무엇인지 몰라도 우선 이능력 자체는 받아들인 느낌이다.

문득 이런 생각이 들었다.

이게 만약 영화였더라면 주인공은 내가 아니라 저들이 아닐까?

 아등바등 올라가는 내가 아니라, 척척 하고 올라가는 저들이 아무래도 시원하고 보기 좋긴 하잖아?

 '우와. 왠지 생각하니 조금 비참한 거 같기도?'

 내가 오랜만에 궁상을 떨고 있으려니, 운이철이 다가온다. 그러곤.

 "뭘 그리 깊게 생각하십니까? 저나 이서영 씨는 언제나 기환 씨 옆일 건데."

 위로 아닌 위로를 한다.

 내가 박탈감에 기라도 죽을 줄 알았던 건가.

 하기는 그는 나의 찌질함 가득했던 모습을 처음부터 봐왔으니 그렇게 생각할지도.

 '억울하지 않은 건 아니긴 한데. 그렇다고 완전히 억울하기만 한 건 아니니까.'

 이쪽도 성장을 했다고. 그렇기에 농담으로 받아줬다.

 "……그런 오글거리는 말 하지 마시죠? 그리고 남자는 질색입니다."

 "우와, 그거 서운하네요."

 운이철은 말로는 서운한 표정을 짓지만 잔뜩 웃음기가 머물러 있었다. 여유가 좀 생겨 보이는 느낌이다.

이서영도 마찬가지. 전에 없던 여유가 조금은 보인다.

"푸후훗, 역시 둘이 커플?"

"후. 됐수다. 농담할 시간에 어서 돌아가죠. 저기에."

바보 같았던 마음을 추스르고서는 눈앞에 게이트부터 가리켰다.

시퍼런 게이트는 불길해 보이기는커녕, 앞날을 밝게 비추는 듯 시퍼렇게 잘도 그 형상을 유지하고 있었다.

'항상 예상 밖.'

뭐든지 세상이 마음대로 돌아가기만 하겠냐만은 이번 일은 심해도 너무 심했다.

그래도 어쩌랴. 나아가야지. 결론적으로는 원하던 성과 그 이상을 얻지 않았는가. 다들 안 죽었으니 된 거다.

"자, 다들 손잡고!"

"가죠!"

처억. 척.

바보같이 목숨을 걸었지만, 멋지기보다는 이번에도 찌질함 폭발이었지만 무슨 상관이랴.

이번에도 어떻게든 해내고, 귀환한다!

*   *   *

화아아악—

'역시 언제 느껴 봐도 신기해.'

빛을 한 번 통과했을 뿐인데 공간이 달라진다. 시간까지 달라진다면 정말 신기해했을 거다.

그래도 공간이 한 번에 바뀌었다는 것에 대한 적응은 필요했다.

눈 한 번 감았다 떴는데 공간이 바뀌면 어쩔 수 없이 그럴 수밖에 없었다.

약간은 지끈거리는 머리를 돌려서 뒤를 확인했다.

파란색의 게이트는 어느새 사라져 있었다.

이서영과 운이철. 둘 모두 평상시와 같은 모습으로 나를 바라보고 있었다.

"역시 신기하군요."

"후후."

운이철은 학자로서 눈을 빛내고 있었고, 이서영은 잔뜩 만족스러운 표정이다. 생각지 못한 수확을 얻고 나온 덕분이겠지.

아마 허웅이나 마동수 놈은 이 사실을 알면 배 아파 바닥을 뒹굴지 않을까?

나는 그렇다 치고 이서영은 부러우니까!

'잔뜩 놀려줘야지.'

그들을 위로해주기는커녕, 이번에 받은 억울함을 그들에게 풀려고 한참 마음을 먹고 있는데.

"어? 뭔가 들리지 않습니까?"

"확실히요!"

우리가 있는 곳은 게이트를 가리고자 만들었던 천막의 안. 그 바깥으로 굉장한 굉음들이 들리고 있었다.

콰아앙— 콰앙—!

"거기 막앗!"

폭발음. 강하게 느껴지는 이능력의 유동.

—키아아악!

몬스터의 괴성까지!

지금 우리가 있는 곳은 사냥터. 이곳에서 저런 것들이 들리게 되면 결국 정답은 하나밖에 없지 않나!

"가 보죠!"

"예!"

재빨리 천막을 헤치고 나갔다.

그리곤 보이는 풍경은 꽤 치열하기만 했다.

"이런……."

몬스터들의 성대한 환영식이 우리를 기다리고 있었다.

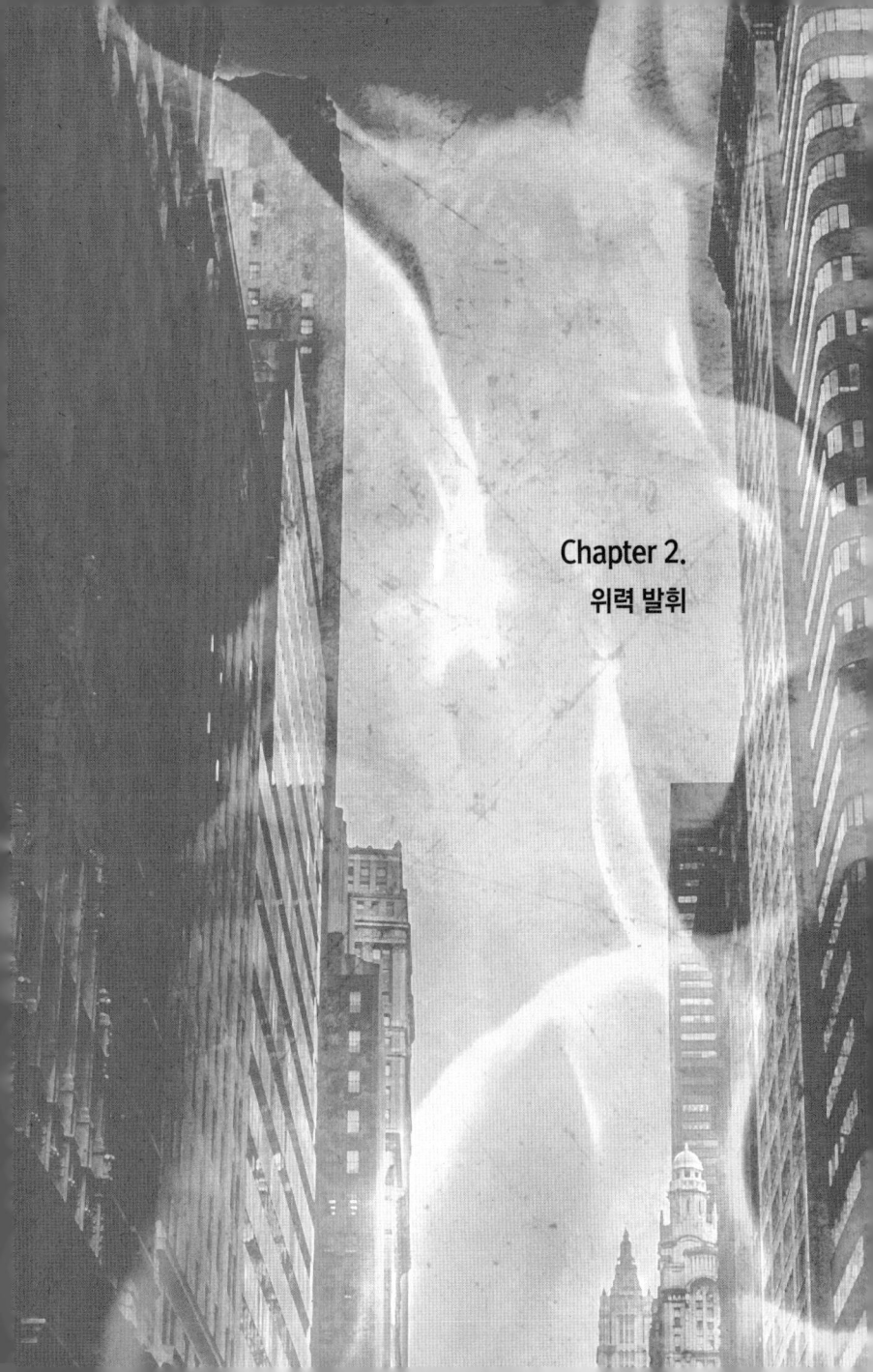

Chapter 2.
위력 발휘

상황은 치열했다.

'오크 떼라니.'

그 수가 오십 마리 정도는 돼 보였다.

오크다.

그것도 전에 상대했던 허접한 게 아니라 진짜배기 오크였다.

게임에서야 여전히 오크는 하급 몬스터지만, 현실에서의 오크는 전투의 천재들이다.

족장급이라고 하는 건 덩치가 무지막지하게 커진다.

보통 오크들만 해도 사람만 하거나 종류에 따라 더 큰 경우가 많다.

그런 주제에 근육은 인간보다 확실히 더 많은 데다, 몬스터는 이능력 아니면 공격도 잘 안 먹히지 않나.

일반인들은 오크 떼를 보면 그 마을을 일단 포기하고 튀어야 할 정도다.

거기다 저놈들, 전투에 있어서만큼은 머리를 쓸 줄을 안다.

당장 여러 마리가 달려드는 거 자체가 머리를 쓸 줄 안다는 소리다.

무기도 조악하지만 들고 있고, 그걸 휘두른다.

―크에에엑!

돼지 코로 큼큼대면서, 달려드는 놈들의 패기는 분명 대단했다.

'공격대원당 최소 두 명 정돈가.'

그걸 상대하는 공격대원들.

"막어! 막으라고!"

"으아…… 뚫린다!"

"내가 간다!"

운이철이 해 준 훈련이 효과가 있었던지, 그래도 대형을 어렵사리 유지를 하고서는 버티고 있었다.

밀리고는 있지만 대치 상태는 아슬아슬하니 유지되는 느

낌. 그래도 위태위태했다.

―쿵!

―크에에엑!

오크들도 그걸 뚫으려 만만치 않게 달려들었다.

'개쌔…… 아니 돼지 새끼들!'

우리가 자리를 비운 사이.

우리가 이곳을 근거지로 삼고 있는 걸 알고 쳐들어온 게 분명하다.

굳이 오크들이 아니라 다른 몬스터라도, 사람이 있으면 일 순위로 치고 오니 예상은 했던 바다.

'던전에서 시간이 너무 걸렸어. 어쩔 수 없긴 했지만.'

오크를 향해서 몸을 날리면서도, 던전에서 시간을 오래 보냈던 거에 대한 후회를 떨치지는 못했다.

나는 공격대원이 아닌 대장이지 않은가. 책임자다.

공격대원 하나가 당하면, 그걸 책임져야 하는 게 나다.

그러니 던전에서 시간을 보낸 것에 대한 후회는 여전하다. 내가 아는 책임자란 그런 거다.

그렇기에 후회를 분노에 담아서 휘둘렀다.

"죽엇!"

화아아악―!

―쿠엑!

오크 하나의 목을 벤다.

'흐…….'

근육질의 두꺼운 목. 이능력에 저항하려는 듯 버티는 가죽은 질기기만 했다.

한 방에 다 갈라버리려 했던 목이, 반밖에 갈라지지 않았다.

―크륵……

후웅!

그 상태로 바람 빠지는 소리를 내며, 자신의 손에 들고 있던 몽둥이를 내게 휘두르는 오크였다.

"어딜!"

재빨리 발을 날려서 가슴을 퍽하고 찼다.

―크흐으으……

괴성. 목이 반쯤 잘리고도 꽤 큰 괴성을 내며 쓰러지는 오크. 그걸로도 다른 모두의 시선이 내게 머무르는 데는 충분했다.

'이거면 일단 된 건가?'

내게 오크들이 쏠리면 쏠리는 만큼 공격대원들이 받는 압박감도 줄어들 테니까.

애써 내가 대열에 합류할 것도 없이, 시선을 끌면 끄는 만큼 공격대원들을 살릴 수 있다는 생각을 가졌기에 화려하게 검을 휘두르는 거다.

―크에에엑!

―꾸엑!

그 생각이 어느 정도는 맞았는지 내 주변 오크들 몇이 나를 향해서 돌진한다.

타앗!

몸을 날려서 달려드는 돌진을 피했다.

쿠웅― 쿵!

내가 점프를 한 곳 아래로 돌진을 한 오크들끼리 부딪친다.

'병신들.'

한껏 조소를 날려주고서는 아래로 내려가며 검을 수직으로 세웠다.

화르르륵―

그 상태 그대로 잘도 타오르는 불. 레드 스톤을 머금고 전보다도 더 쉽게 집중이 되는 불의 검은 오크의 머리 하나를 그대로 꿰뚫었다.

'좋아.'

오크들의 시선이 느껴진다.

놈들도 나를 보고 겁을 내지는 않았다. 다만 투지가 느껴졌을 뿐이다. 나를 죽이겠다는 살의만이 놈들에게 가득했다.

그러니 이대로면 된다 생각했다.

이대로만 한다면, 오크들의 압박을 이겨내고 공격대원들도 쉽게 버틸 수 있지 않을까 생각했다.

'조금만 시간을 벌면 돼.'

아주 조금만 시간을 벌면 이서영도 대열에 합류해서 도울 수 있을 거다. 아주 작은 시간. 그거면 됐다.

그런데.

—크아아아아앙!

내 생각이 완전히 먹히지만은 않았나 보다!

오크들 중에 족장급으로 보이던 존재. 뒤에서 이 전투를 지휘하듯 바라보던 가장 거대한 오크가.

쿠웅— 쿵.

내가 아닌 공격대원들을 향해서 달려가기 시작했다.

"이런 시불!"

놈이 계산하기에 나를 먼저 치는 거보다는 밀리는 공격대원들을 처리하고 나를 치는 게 맞다고 판단한 듯했다.

하기는, 약한 자부터 죽이는 것. 적자생존.

이건 몬스터들의 본능과도 같은 일이 아닌가.

위압감을 뿜어내는 나보다는, 약해 보이는 공격대 쪽을 치고서 날 노리는 게 놈이 보기에 확실한 방법으로 여겨졌을지도 모른다.

족장의 생각이 그대로 전해졌을까.

―크아아아아!

―크아!

족장을 호위하듯 옆에 서 있던 몇 마리의 오크들이 괴성을 내지른다.

족장만은 못해도 일반 오크보다는 훨씬 커 보이는 오크들이 족장의 뒤로 함께 달린다.

아주 제대로 공격대를 곤죽을 내겠다는 의지가 깃들어 보였다.

'젠장.'

내가 이대로 몸을 날리려 해도 너무 떨어져 있었다.

시선을 한껏 끌기 위해서 오히려 공격대원들의 대열에서 떨어져서 날뛰려고 했던 내가 아닌가.

그런데 제대로 날뛰기도 전에 오크 족장이 저럴 줄은 몰랐다.

'무슨 돼지 머리 새끼들이 머리를 다 써!'

전투에 머리를 쓸 줄 아는 건 알았지만, 이건 억울할 정도로 머리를 잘 썼다.

젠장!

"어딜!"

이서영이 뒤늦게 합류를 했다. 그리곤 막으려고 한다. 하지만 먼저 움직인 족장 쪽이 빨랐다.

허를 찌른 기습으로 허웅 쪽을 노렸다.

"으어엇!"

그가 약해서가 아니다.

그는 나를 대신해서 공격대원들을 잘도 보호해 줬다. 잠시 봐도 가장 열심히인 건 허웅이었다.

덕분에 가장 지쳤다.

그걸 오크 족장은 제대로 치고 들어가려는 거다!

탱커지만, 당장 제대로 한 방 맞으면 골로 갈 수도 있는 상황이었다.

허웅이 뚫리면?

족장을 따라 들어오던 다른 오크들이 대열 안으로 난입해서 딜러와 힐러들을 갈기갈기 찢어발기겠지! 한 끼의 식사로 삼기 위해서!

'개 같은 거.'

푸아앗―

오랜만에 몸을 날렸다. 계속해서 등 뒤로 화염을 폭발시키면서 속도를 냈다.

족장의 돌진을 막기 위해서.

"안 돼!!"

허나 나의 돌진보다도 빠른 건 족장의 휘두름이었다.

폭발을 시켜서 날아가야 하는 나보다, 돌진을 특기로 해서 달려드는 족장의 휘두름이 더 빨랐다!

순간 슬로우 모션으로 보인다.

후우우우우웅―

어디서 구했을지 모를 거대한 양날 도끼가 허웅을 향해서 휘둘러진다.

족장의 돌진의 힘을 그대로 전해 받은 도끼였다.

그대로 허웅이 반으로 쪼개지려는 그 찰나.

어디선가 들려오는 운이철의 목소리!

"……무기를 휘둘러요! 피하지 말고!"

어느새 백안이 되어 있는 그. 그리고 그의 몸에 머물고 있던 하얀 빛이 그대로 허웅에게로 쏘아져 나갔다.

웃기게도 족장이 나보디 빠를 수는 있어도, 빛보다 빠를 수는 없었다.

순식간에 작렬한 빛이 허웅의 몸, 그리고 허웅이 무식하게 탱킹을 위해서 휘두르곤 하는 중병기에 머금어졌다.

"……!"

허웅은 말이 없었다. 다만 눈을 빛냈다.

확신이 있어서 빛을 내는 건 아니었다. 다만 운이철에 대한 믿음이 있어서 눈을 빛낼 뿐이었다.

위력 발휘 43

그라면. 적어도 내게서 들은 운이철대로라면 믿어도 된다는 걸 허웅은 아는 거다.

족장의 거대 도끼와 무식한 인간이나 휘두를 망치가 서로 빛을 반사하며 휘둘러진다. 서로가 서로를 피하지 않았다.

부딪칠 뿐!

힘과 힘! 괴력과 괴력! 살의와 살의로!

콰아아아아아앙!

순간 먼지가 인다. 어마어마한 굉음이 이 안을 가득 채운다.

지는 쪽은 어디인가. 누가 물러나게 되는가!

이 한 방으로 이 전투의 기세가 정해지는 건 누가 봐도 당연한 일이었다!

이길 승자는!? 시체가 되어서 쓰러질 패자는!?

—크에에에에에엑!

"하악…… 시불!"

순간 이는 먼지가 사라졌다.

도끼는 자루만 남긴 채 부서져 있었다.

도끼를 잡았던 족장의 손에는 피가 배어 있었다. 어마어마한 괴력에 찢어진 상처다.

'됐어!'

이긴 쪽은 거대한 족장도 아닌 허웅의 쪽. 대체 운이철이 무슨 짓을 했는지는 몰라도 기적을 만들어 냈다.

그거면 됐다. 모두 본능적으로 느꼈다.

"우와아아악!"

"밀어붙여!"

지금까지의 경험, 전투의 기세, 허웅의 활약. 그 모든 걸 읽고서 얻은 결론은 하나.

우리가 해낼 수 있다. 이긴다. 밀리는 쪽은 저들이다.

그때 타이밍도 좋게.

스아아아악—!

운이철이 날린 옅은 빛들이 공격대원들 전체에게로 머금어진다.

허웅에게 잠시지만 괴력을 선사해 줬던 빛이 전체에게로 스며든 거다.

기적과도 같은 빛이 전부에게 머금어질 줄이야!

기세등등하던 모두가 놀란 눈을 한다. 오크들에게서도 당황한 기색이 느껴진다. 그 상황 그대로 시간이 멈춘 것 같은 찰나.

그 찰나의 침묵을 깬 것은 운이철 쪽이었다.

"몇 분 못 버팁니다! 당장 치세요!"

빛을 전체로 흩뿌린 걸로, 아찔함을 느끼는 듯 몸을 휘청

거리는 그. 그가 마지막 힘을 쥐어짜듯 외친 외침이었다.

그가 거짓말을 할 리가 없지 않은가.

나 또한 빛을 머금은 채로 외쳤다.

"다 죽여! 쳐들어온 걸 후회하게 만들어 주라고!"

외침이 기폭제가 됐다.

"여기부터 하죠!"

퍼어어엉—!

가장 먼저 움직인 건 이서영.

그녀는 평상시의 투명했던 방패와는 다르게, 강철에 가까운 질감을 표현하고 있는 거대 가시방패를 이용해 그대로 돌진했다.

콰아앙—!

스스로 빛을 내는 방패, 그에 더해 운이철의 빛이 더해져 있는 방패가 그대로 작렬!

—크에에에엑!

오크들 서넛을 그대로 곤죽을 만들어버렸다.

거기부터가 시작이었다.

역전의 시작이자, 우리의 기세를 잔뜩 휘두를 수 있는 시작이었다. 오크들에게는 절망의 시작이었고!

'정말 다들 미쳤다니까.'

바로 바로 힘을 써댈 줄 누가 알았겠는가.

운이철이나 이서영이나 정말 괴물이라고 생각하면서, 동시에 나도 밀릴 수 없다는 듯이.

"죽엇!"

후우우웅!

검을 휘두르기 시작했다.

학살이 시작됐다.

    ＊ ＊ ＊

"후욱…… 우웩!"

놀라움을 선사하는 빛을 흩뿌려 놓고서는 운이철이 그대로 주저앉았다.

아까 내가 놀람으로 주저앉았다면, 그는 무리를 한 덕분으로 주저앉은 게 분명했다.

척 봐도 얼굴이 하얗게 질린 것이 정상적인 상태는 아니었다.

그에 상관없이.

"쳐! 쳐!"

"완전 잘 먹혀!"

탱커나 근접형 딜러들은 아주 신이 났다.

'버프라도 되나. 흔하진 않은 능력인데.'

움직임이 더 세밀해진다. 빨라진다. 탄탄함이 더해진다. 힘이 세진다.

단순히 육체적인 능력이 강해졌다 할 수 있겠지만, 이능력자에게 육체 능력이 강해진다는 건 다른 의미를 가진다.

이능력을 쓸 수 있는 자가 조금이라도 육체가 강화된다는 건.

'순간적으로 강해진다는 의미지.'

적어도 이 우윳빛의 빛이 머금어지는 동안은 평소보다 더 강한 전력을 보일 수 있다는 의미다.

따라잡지 못할 몬스터를 따라잡을 수 있고.

힘으로 밀려 탱킹하지 못하는 몬스터를 막을 수 있게 된다는 의미다.

운이철이 한 버프라고 하는 건 그런 의미가 있었다.

그리고 이 버프가 몬스터와의 다툼이 아니라, 같은 이능력자끼리의 다툼에 사용된다면. 그때는.

'일단은 나중이지. 하지만 진짜 그때는……'

꽤 무서운 위력을 발휘할 거다.

아찔할 정도로!

자신을 그렇게 만든 자들에 대한 복수를 원하더니 아주 제대로 된 능력을 가져온 느낌이다.

버프라니. 그답달까.

'뭐, 저쪽도 만만치 않지.'

그의 활약에 지지 않겠다는 듯한 이서영!

"하아앗!"

그녀는 전보다 더 강화된 탱킹 능력에, 어지간한 딜러보다 나은 공격 능력을 얻은 느낌이다.

터틀맨을 상대할 때도 그러하더니, 오크들을 상대로도 아주 종횡무진이다.

여럿의 오크들이 달려들면.

"비키라구!"

콰앙—!

철방패를 길게 늘려서, 한 번에 여럿을 밀어내 버린다.

—크에에엑!

그 방패에 가시가 박혀 있는 건 아주 당연한지라, 박히면 박히는 대로 몬스터들은 상처와 함께 밀려 버린다.

어디서 저런 힘이 났는지 아주 괴력을 보인다.

그래 놓고서는. 한두 마리의 몬스터가 달려들면.

스아앙—

거대 방패를 준혁이가 쓰는 것처럼 큰 대검으로 순식간에 변환!

그대로 휘둘러 버린다.

콰즉—

탱커의 강한 힘과, 공격력을 머금은 대검의 조화란!

―크에엑!

아무리 오크라고 하더라도 곤죽이 나기에는 충분한 위력을 가지고 있었다.

이러니 학살이랄 수밖에 없지 않은가.

몬스터를 상대로 우리 팀은 아주 제대로 움직여 주고 있었다.

"흐아앗!"

"찔러!"

공격대원들조차도 운이철의 버프에 탄력을 받은 건지, 열심히인 상태!

'나라고 질 수 있나.'

아주 좋은 상황. 더 신경 쓸 게 없는 상황이었다.

그렇기에 한창 폭발을 일으키며 나가던 몸을 다시 오크들에게로 돌렸다. 그대로 나도 전진. 아니 돌진!

파앙― 팡―

'빨라.'

안 그래도 버프를 받은 몸에 폭발을 일으키며 몸의 속도를 더한다. 그 속도를 이용해서 오크의 목들을 그어버린다.

목을 긋지 못하면 그대로 복부에 검을 선사!

―크엑!?

"죽어."

퍼엉―!

안에 박힌 검에 화염을 불어넣어 복부를 폭발시켜 버린다.

내부 그 자체가 터지는 그 광경이란!

소름 끼치도록 많은 살점들이 튄다.

오크들의 시선이란 시선들은 다 끌게 되고, 그 시선은 그대로 내게 집중된 공격으로 이어진다.

그런 오크들에게 그대로 죽음을 선사!

소름끼치는 핏빛 꽃들이 오크들의 죽음으로 이어지며, 하나의 그림을 만들어 낸다.

폭발 검술이 이름 그대로 폭발하는 느낌이랄까!

준혁이가 했던, 그 아름다운 달빛의 검무보다는 못해도 위력만큼은 압도적인 아름다움을 만들어낸다.

'익숙해지고 있어. 전보다 더.'

버프 덕일지, 내 성장 덕일지 모를 움직임을 보이며 학살에 힘을 보탠다.

하나둘씩 쓰러지는 오크.

그 오크들 중 마지막 남은 하나. 모순적이게도 자신이 지켜야 할 족장보다도 더 오래 버틴 호위 오크 하나가 육신을 땅에 눕힌다.

쿠우웅—

땅이 울리도록 큰 굉음을 내면서!

어디서 구했는지 모를 오크 특유의 장신구들조차도 그 무게를 이기지 못하고 땅에 박히고, 깨어진다.

그 장면이 이 전투의 마지막 장면이 됐다.

전투의 흥분에 잔뜩 도취된 채로 외쳤다. 선언하듯이!

"승리다! 승리라고!"

"우와아아악!"

압도적이었다. 할 수 없는 일을 해냈다. 공격대 전체의 위기랄 수 있는 걸 해결해 버렸다.

이서영, 나, 운이철.

셋이 끼어들게 됨으로써 구도가 달라졌다.

전에 없던 각성자 무리가 새로운 전력, 새로운 방식을 낳았다.

강해진 걸 느끼는 순간. 그 모든 걸 내가 해냈다 느끼는 순간이었다.

구름 위에 올라온 듯, 온몸이 가벼워지는 느낌이었다.

또 해냈다.

* * *

쯔왑— 쯔왑—

오크 무리 하나를 죽이고 회수하는 시체는 많았다.

놈들의 무기조차도 회수물이 되니 다들 나서서 공간 장치에 넣었어야 할 정도다.

공격대원들이 사체를 회수하는 동안 나는 운이철에게로 갔다.

"괜찮습니까?"

"후우…… 그래도 좀 나아졌습니다."

무리를 해서 그런 건지, 그가 이능력을 처음 써서 그런 건지는 아직 모른다.

판단은 나보다 그가 잘할 거다.

자기 몸인 데다, 이론적으로는 그 누구보다 많은 걸 안다 힐 수 있을 자가 운이철이니까.

문제는.

"시선이 좀 복잡하네요."

"예상은 했습니다만은…… 그럴 수밖에 없긴 하죠."

운이철을 바라보는 공격대원들의 복잡 미묘한 표정들이다.

그의 능력에 대해서는 모두 인정하는 바지만, 그건 어디까지나 그가 일반인일 때의 이야기다.

그런데 며칠 전만 해도 일반인이었던 운이철이, 대뜸 이능력자가 돼서 왔으니 안 이상하다 느끼면 멍청이다. 아니면 바보거나.

"어쩌실 겁니까? 목숨 거는 거에만 신경 써서 저는 잘은 모르겠는데 말이죠."

"흠…… 당장은 쉽게 답할 수 없지도 않습니까? '그것'에 대해서 쉽게 풀 수는 없으니까요."

"크흐. 진짜 쓸데없는 비밀이라니까요."

"제약에 걸려 있다는데 어쩔 수 없는 거죠."

게이트와 각성체.

이것에 대해서 대놓고 설명하거나 말하고 다닐 수 있으면 얼마나 좋을까.

이미 알 만한 상급 각성자는 다 알 텐데, 어째서 끝까지 비밀을 유지하는지 모르겠다.

'여기에도 분명 이유가 있겠지.'

각성자끼리만 알아야 하는, 혹은 각성자라 해도 오래되지 못한 자는 모르는 그런 게 있을 거다.

어떤 내막이 있는 게 분명하다.

생각해 보면 이런 걸 알 만한 놈이 예상되기는 한다.

'허경석.'

잊고 있었지만 그놈은 내가 운이철의 의뢰를 하기 전에

미리 의뢰를 하지 말라 했던 놈이다.

찌질했던 과거, 힘들었던 일들 때문에라도 애써 무시했지만 언젠가 놈을 봐야 할지도 모르겠다는 생각이 들었다.

뭐 당장 중요한 건 그게 아녔다.

문제는 바로 앞의 운이철이었다.

공격대원들이 이상하게 생각하는 걸 어떻게든 해결은 봐야 하지 않겠나. 해서 되물었다.

"그럼 운이철 씨도 방법은 없다 이겁니까?"

"아뇨. 막 생각난 게 있긴 합니다. 거기다 계획도 변경돼 있죠. 후후."

"……아씨. 그 표정 싫은데요?"

"좋은 겁니다. 기환 씨한테도요. 모두가 강해질 방법이고, 기환 씨는 특히 강해질 방법이니까요."

저 양반이 저리 웃으면 불안할 수밖에 없다.

겁쟁이라 하지 마라. 당한 게 많아서 이런다. 당한 게.

"흐으. 또 뭡니까?"

"목숨 걸고 아슬아슬하게 싸우는 것만큼 좋은 방법도 없지 않습니까? 루트를 좀 변경해야겠군요."

* * *

그날부터 작은 변화, 아니 빡센 변화가 생겨버렸다.

평지. 북한이 남아 있었더라면 농경지로 쓰지 않았을까 싶은 곳.

아직은 숲에 비해 나무가 그리 두껍지는 않게 자란 곳에 우리가 자리를 잡았다.

그 건너편.

―크아아!

몬스터들이 보인다. 전에 상대했던 오크들과 비슷하게 몇십 마리는 돼 보인다.

그 몬스터들을 누가 데려왔냐고?

"난 이만 패스입니다!"

자기는 할 일 다 했다는 듯 우선 뒤로 빠지는 저 양반!

우리 공격대 중에서도 아재 개그의 일인자, 신상철이 끌고 왔다.

운이철의 버프를 받아서 그런가, 우웃빛 빛이 머무르는 가운데 그 속도가 아주 빠르기 그지없었다.

그 속도를 이용해서, 운이철의 표현을 빌리자면 '적당히' 몬스터를 끌어왔다.

하급이 기본에 중급이 섞여 있었다.

그 몬스터를 보면서 허웅이 질렸다는 듯 몬스터와 같은 괴성을 지른다.

"크아아아! 이거 계획대로 아니지 않아? 원래는 전처럼 유인작전 하기로 하지 않았냐고!"

"나도 몰라! 우선 버텨. 살고 봐야 하지 않냐!"

"후우. 후. 모두 준비!"

심호흡을 한 번 내뱉고는 진형을 잡는 허웅이었다.

우는 소리 하기는 했어도, 허웅도 운이철의 계산을 믿고 있을 거다.

운이철은 분명 말했다. 아슬아슬하기는 해도 분명 이기는 전투를 하게 만들어 준다고!

"이대로만 하면 분명히 성장할 수 있을 겁니다. 모두가요. 마침 제 능력도 거기에 딱 맞지 않습니까?"

그답지 않게 호언장담까지 했을 정도다.

그러니 믿기는 한다.

그래도 눈앞의 몬스터들이 달려오는 장면을 보면 질릴 정도다.

보통 공격대라면 도망을 쳤을지도 모를 광경이다.

정확한 계산하에 유인해서 몬스터를 잡다가, 잔뜩 위험에 던져져서 몬스터를 잡게 된 느낌이다.

그래도 버티고 섰다. 또한 우습게도.

'겁은 안 나.'

무서움은 없었다.

대신 심장이 쿵쾅쿵쾅 미친 듯이 뛴다.

겉으로는 앓는 소리가 나오지만, 몬스터들과 부딪쳤을 때의 희열이 뭔지 알기에 심장의 울림이 크게 느껴졌다.

쿵쾅— 쿵쾅—

심장 소리에 맞춰 몬스터들이 달려온다.

가까워진다.

오십. 삼십. 이십. 십 미터. 곧!

"갑니다!"

후아아악—

기다렸다는 듯이 운이철의 빛이 흘러나온다. 다시 얼굴은 하얗게 질렸지만, 꼿꼿이 허리를 곧추세우고 버티고 서는 운이철이었다.

그의 빛이 우리 전체에 머금어진다. 그게 신호였다.

'여기서부터는 내 차례!'

한껏 긴장됐던 근육을 튕긴다. 몸이 달려 나간다.

"다시 한탕 해 보자고!"

"우와아아악!"

전투. 또 전투였다.

모두가 강해지기 시작하는 시작점을 찍고 있었다.

그리고 그 끝에는.

"……차라리 날 죽이시죠?"
"가세요!"
운이철의 '초' 굴림이 기다리고 있었다.

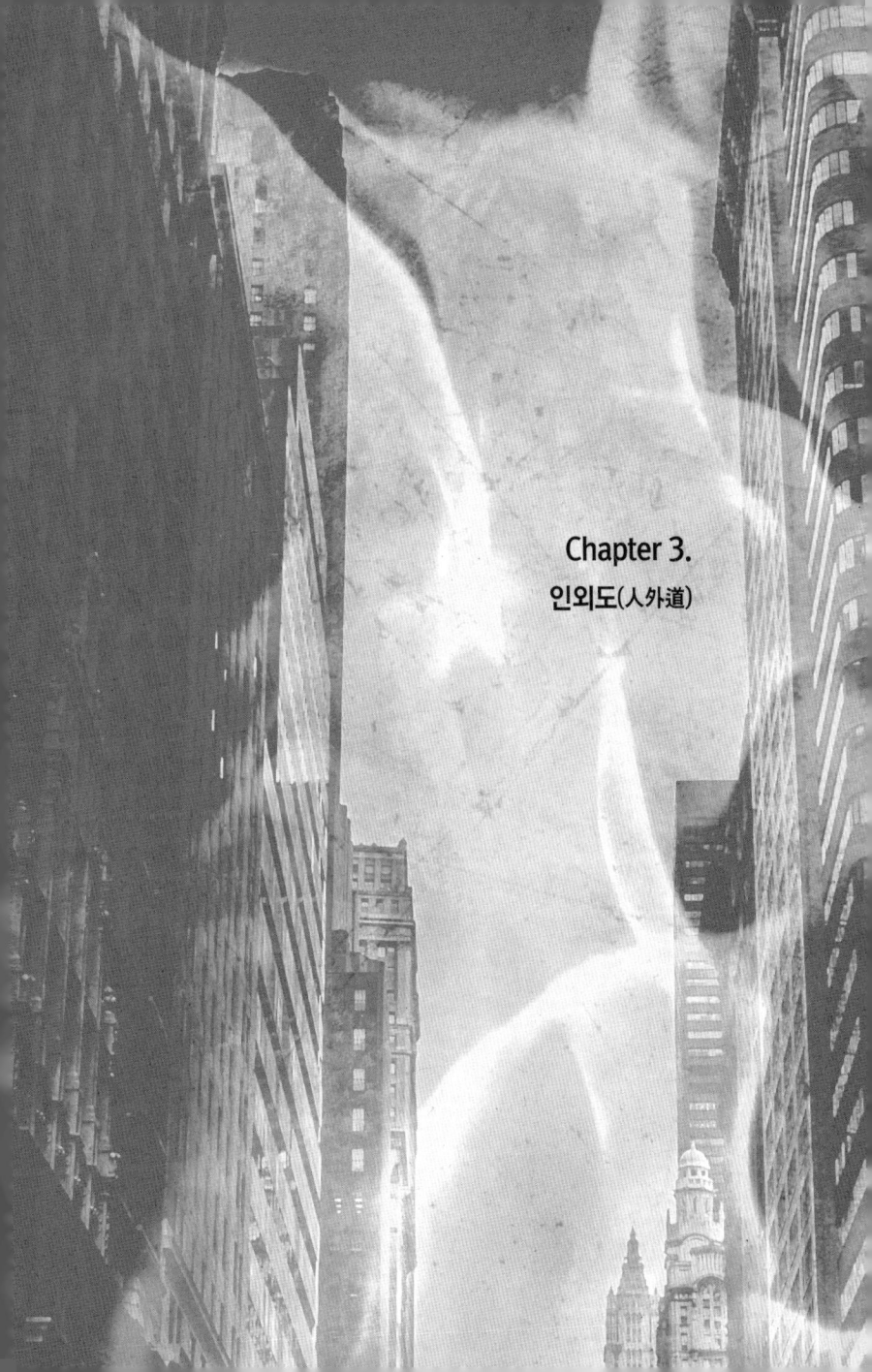

Chapter 3.
인외도(人外道)

뚜우— 뚜—

'새끼…….'

안 받는다.

자기가 전화할 때는 조금만 늦으면 성을 내던 자식이, 내가 했을 때는 받지를 않는다.

원래부터 내 말은 안 듣고, 나를 괴롭히는 방법에만 도가 튼 허경석 아니었나.

그런 놈이니 내 전화를 안 받는 건 당연한 일일지도 몰랐다.

어제에 이어서 오늘도 안 받았으니, 이건 일부러 피한다고 볼 수밖에 없었다. 아니면 무슨 일이 생겼거나.

'기대도 안 하는 줄 알았는데.'

그래도 핸드폰에 전화번호도 몇 개 없던 시절부터 있던 전화번호의 주인공인데, 안 받으니 씁쓸함이 느껴진달까.

이런 놈은 친구도 아니고 악연 중의 악연이지만 역시 거절당하는 건 기분이 좋을 수가 없다.

그게 설사 작은 전화라고 할지라도 말이다.

그때 막 운이철이 찾아왔다. 타이밍도 좋은 양반이다.

"안 되네요. 자자, 슬슬 가죠?"

"이미 준비는 끝났습니다."

그는 근래에 타이트한 일정으로 눈이 거뭇거뭇했다.

우리 일정이 힘들면 힘들어질수록 그도 힘들어질 수밖에 없어서다.

그는 딱 아슬아슬하게, 그렇다고 안일하게 상대할 수는 없게 난이도를 조절해서 계획을 세운다.

그리곤 그 아슬아슬함을 자신이 사용하는 '버프'로 딱 메꿔 버린다.

자연스레 공격 대원들은 전보다 강한 몬스터를 상대하고 더 빠르게 강해진다.

게임처럼 레벨 업을 하는 건 아니지만, 경험이라는 게 축적돼서다.

그만큼 사용하는 힘의 크기도 점점 커지고 있기도 하다.

실전은 역시 좋다.

다만 그만큼 운이철은 지친다. 버프를 넣어야 하니까.

이제는 한 번 버프를 날리고 주저앉을 만큼 지치지는 않지만, 그래도 공격 대원 전체에 버프를 준다는 건 힘든 과정이다.

거기다.

'밤에도 일을 하니 원…….'

그의 손으로 바꾼 계획이지만 역시 아슬아슬하다. 천재인 그로서도 매일 밤마다 머리를 쥐어 짜내며 작전을 짠다.

그러니 초췌해질 수밖에 없었다.

날이 갈수록 공격대원들이 장비는 해질지언정, 눈빛은 선명해지고 있다면 그는 반대로 옅어져 간다.

치료로 되찾은 총기는 여전하지만 역시 고된 강행군이다.

그래도 그도 억울하지는 않을 거다.

"오늘도 꽤 구르셔야 할 겁니다."

"하아…… 히드라의 레드 스톤으로 '집중'은 꽤 익히지 않았습니까."

"집중 다음은 폭발도 얻어야지요?"

"젠장……."

나도 구르고 있으니까!

여기에 오기까지 다시 잡은 히드라가 세 마리다.

모두 머리가 셋씩은 달린 히드라였다.

아류라지만, 이곳 지역을 터를 잡고 지배하는 것들은 거의 다 잡은 거다.

버프 덕분에 전보다는 쉽게 잡고, 불빨도 잔뜩 받았다. 얻은 레드 스톤은 당연히 흡수.

그 덕분으로 적어도 검에 불을 집중하거나, 한 점에 불을 집중하는 건 전보다 쉬워졌다.

집중된 불, 브레스를 날리는 히드라의 레드 스톤이 내게 불의 '집중'에 관련된 힘을 줘서다.

'운이철의 이론이 맞은 거지.'

그의 계획 중에 하나. 나의 강화.

그중에서 그의 이론 중 하나는 바로 이런 거였다.

화염의 포식자가 되었다면, 화염에 관련해서는 모든 권능을 사용할 수 있게 되는 게 나의 궁극적인 힘이라는 이론.

그게 히드라를 흡수하면 할수록 증명이 되고 있었다.

그러고도. 또!

"곧입니다. 곧."

"으아. 뭐가 곧이란 말입니까."

"며칠 내에 '그곳'에 도달하기까지, 제대로 굴러야 승률이 올라갑니다."

"아니, 꼭 목숨을 걸어야 합니까? 그 뭐냐. 적당히 적당히 클 수도 있는 거 아닙니까? 예?"

"기환 씨. 아시잖습니까? 우리 적을?"

"젠장…… 바로 출발하겠습니다."

나를 계속해서 굴린다.

앓는 소리를 하면서도 나는 그의 말에 따라 줬다.

"우와아아악!
―키엑!?

열심히 몬스터를 상대로 구르고. 불 몬스터는 독점하다시피 잡았다.

어기에 너해서.

"대장!"

"알았다고! 간다!"

불의 몬스터를 잡으러 가기까지의 여정에 있는 몬스터도 잡는 것을 멈추지 않았다.

공격대원들과 함께할 때도 항상 일선에는 내가 있었고, 가장 미쳐 날뛰는 것도 나였다.

그렇게 나는 점점.

'이제 곧이군······.'
'그곳'을 향해서 나아가고 있었다.

          *   *   *

 젊다. 꽤 매서운 눈빛을 하고 있지만, 전체적인 외모는 준수했다.
 사내다운 풍채는 과하지 않았으며 일견 날렵해 보이기도 했다.
 거기에 그에게 얹혀져 있는 장비는 모두 최고급.
 헌터가 아닌 일반인이 봐도 저 사람이 가진 장비는 제대로 된 거구나라고 느낄 만큼 고급이었다.
 어디를 가나 대우를 받을 만한 모습이랄까.
 그런 주제에 그는 잔뜩 인상을 찡그리고 있었다.
 '······이제 와서 어쩌라는 건지.'
 그 주인공은 허경석이었다.
 방송을 타면서 적당히 가면을 쓸 줄도 알게 되고, 그 과한 성격도 줄이게 된 그.
 이제는 슬슬 성장을 해서 길드의 유망주에서 점차 길드의 중추로 자리를 잡아가고 있던 그다.
 김기환이 성장해 가는 만큼, 그도 성장해 갔다.

아니, 사회적 측면에서는 그가 아직 확실히 앞선다.

대형 길드의 중추라 하는 건 새로이 빛나며 커가는 공격대의 대장보다도 쳐주는 경향이 있으니까.

그런데도 그는 올라서면 올라서는 만큼 행복해하지 못했다.

자신감이 어려서 김기환은 부러워하기만 하던 그 철없는 미소를 짓는 법을 까먹은 듯 심각해지기만 했다.

언제나 당당하기만 하던 그는.

무언가 비틀려버려서는, 당당하지만 그 안에 어둠을 잔뜩 품고서 미묘하게 음울함을 내뿜고 있었다.

김기환의 연락을 무시한 그가 휴대폰을 자신의 품에 집어넣고서는 옆을 바라본다.

옆에는 잔뜩 긴장한 기색의 헌터가 있었다.

그도 장비는 고급.

가슴 어림에 있는 형상으로 보아 허경석과 같은 길드에 있는 게 분명했다.

칼날의 형상. 제니스 길드의 표식을 차고 있었으니 말이다.

'같잖은 표식이지.'

처음 길드의 유망주로 들어와 이군에서 방송을 할 때까지만 하더라도 저 칼날의 형상은 그의 자신감의 상징이었다.

 방송을 하면서 어설픈 대본에 맞춰 그럴싸한 연기를 할 때도, 저 칼날은 빛나기만 하는 느낌이었다.

 그러나 지금은?

 '검은 칼날이지……'

 음습함의 상징이다.

 그가 일군에 올라와서도 당당함보다는 음울함을 얻어가는 이유가 됐다.

 눈앞의 길드원도 마찬가지였다.

 눈에 일종의 절망이 어려 있었다. 여기서는 빠져나가지 못한다는 절망이다.

 "뭐 하나? 준비는?"

 "다 됐습니다. 근데 문제가…… 그놈들이……"

 "놈들이 왜? 이능력도 다 봉인됐을 건데?"

 "그래도 반항이 심합니다."

 반항이라. 전에는 반항하던 자의 사정을 봐줄 때도 있었다.

 하지만 이제는 아녔다. 반항하는 자는 단지 귀찮은 존재가 됐을 뿐이다.

 '구해 줄 수 없으니까.'

 구해 줄 방법도 없는 가운데에서 반항을 하고 구해 달라

하는 자는 짐덩어리밖에 되지 않았다.

이게 다 지금부터 해야 할 '그 일' 때문이다.

'늙은이가…… 죽을 때를 기다릴 줄을 알아야지. 괴물이 다 됐어.'

바깥에는 알려지지 않아야 하지만, 지금 일을 벌이는 자들은 전부 아는 어떤 일 덕분이었다.

더러운 일. 이 헌터의 세계의 이면.

이걸 알게 되고 주변인들에게는 의뢰 하나 맡지 말라 말했지만, 소용이 있을까 싶었다.

자기 말이라면 싫어도 듣던 그 김기환만 하더라도 의뢰를 가지 말란 말에 답이 없었지 않나.

허경석이 인상을 찌그리며 묻는다.

"후우…… 적당히 처리하라고 하지 않았나?"

"그게 잘 안 됩니다. 하려고는 했는데…… 죄송합니다."

"됐다. 어차피 곧이니까. 일단 끌고 나와. 빨리 끝내고 가자고."

"예!"

허경석의 명령에 같이 기다리던 길드원 몇이 움직인다.

몇몇의 사람들을 끌고 온다.

얼마 전 김기환에게 덤벼들었던 운상과 비슷한 꼴을 한 자들이었다.

사람의 형상은 하고 있지만 어디서 잔뜩 당했는지, 곳곳에 상처가 가득하다.

아마 가장 상처가 깊은 자가 방금 전까지 반항하던 자들일 거다.

'조선 시대나 지금이나…… 달라진 게 없어.'

사람인데 사람으로 대우를 받지 못하는 자들이다.

그런 자를 흘끗 보다가 다시 고개를 돌려버리는 허경석이었다.

"어서 해 주시죠."

"예."

그 옆에서 가만 숨죽이고 있던 여자 헌터가 나선다.

무언가를 꺼내어든다.

방울이다. 일반적인 방울보다 컸다. 군데군데 박힌 보석들은 방울의 분위기를 예사롭지 않게 만들고 있었다.

일견 주술적인 장비와 비슷해 보였다.

추우욱— 추욱—

그걸 가지고 흔드는데 방울 소리가 아닌, 물 안에 무언가를 넣고 휘젓는 소리가 난다.

묘한 울림이 공명하듯 울리기 시작하며,

"……또 미친 짓이군요."

"조용."

길드원의 말마따나, 여인의 눈이 순간적으로 시뻘겋게 변했다.

 운이철의 백안과는 전혀 다른 눈이었다. 더 징그럽고, 깊었으며, 음울했다.

 그때부터 빛이 일기 시작했다.

 여인의 눈빛과 같은 핏빛의 붉은 빛이 방울과 여인을 감싼다.

 밝게. 밝게. 더 밝게!

 그 빛이 최고조를 이루는 그 순간.

 화아아아악—

 핏빛의 불길한 빛을 띠는 빛은 여인으로부터 빠져나가 바로 앞에 모여들기 시작한다.

 "하아아악!"

 여인이 황홀경에 휩싸이기라도 한 듯 달뜬 신음을 내뱉자.

 그 빛이 크기를 더한다.

 어서 더 타락하라는 듯이. 더 해 보라는 듯이. 계속해서!

 빛이 사람보다도 더 커졌을 때.

 음울하기만 한 '그것'이 만들어졌다.

 파랗고 환한 게이트와는 전혀 반대되는 것. 인외도(人外道)를 겪어야만 살아서 나올 수 있는 곳. 그곳으로의 통로 중 하나가 만들어진 거다.

이제 이 안으로.

"으으."

"사, 살려줘요!"

본능적으로 위험을 느끼는 저 제압당한 헌터들을 데리고 들어갈 거다. 물론 일반인도 포함돼 있다.

그곳에서 몇이나 찢겨 죽을까?

타락했다고 하는 전대의 헌터들 중 하나. 겉으로는 인자해 보이기만 하는 그. 그가 이런 일을 벌이며 질긴 목숨을 이어가고 있다는 걸 누가 알까.

'추악한 늙은이 같으니라고…….'

욕지거리를 잔뜩 날리면서도, 감히 반항할 생각은 못 하는 허경석이었다. 반항은 곧 죽음이었다. 반항한 자들이 저 게이트의 먹이로 던져지는 것을 직접 눈으로 보아 왔다.

그렇기에 그는 그저 눈짓으로 신호를 보낼 뿐이었다.

"어서 처리해."

"네!"

그때부터 제압당해 있던 자들이 하나둘씩 붉은색의 불길한 게이트 안으로 던져진다. 하나같이 모두 강제적이었다.

뒤이어 제니스 길드의 헌터들도 들어간다. 게이트를 불러낸 신기를 보인 여인조차도 모두 들어갔다.

마지막 남은 건 허경석.

뭐라도 느낀 걸까. 그는.

"……."

아무 말 없이, 이곳 풍경을 한 번 쓰윽 보고서는 안으로 들어갈 뿐이었다.

그리고 그걸.

―치이익. 들어갔다.

누군가 또 살피는 존재가 있었다. 먹고 먹히는 먹이 사슬이 묘하게 꼬여 가는 느낌이었다.

그 가운데 또 새로운 길을 걷는 자는.

"도착입니다."

"……후."

새로운 길을 향해 발걸음을 내디디고 있었다.

     * * *

모두가 진지했다.

숨소리도 하나 없어서, 주변에 적막감이 감돌 정도였다.

사상 최대의 전투가 예정돼 있다.

아류 히드라라고 하더라도 감히 명함을 내밀지 못할 몬스터를 잡으러 왔다.

운이철의 버프에 이서영의 각성까지 더해지기는 했지만, 완전히 장담을 하기는 힘든 전투다.

하지만 해야 했다.

'앞으로 나갈 카드 중 하나가 돼 줄 테니까.'

계획대로라면 여기서 성공해야 우리가 본격적으로 날기 시작할 수 있다.

발돋움을 하고 나아가려면, 이 정도 위기쯤 코웃음 치면서 넘길 수 있게 되어야 했다.

분위기가 잡혔다 생각했는지, 뜸 들였던 운이철이 신호를 준다.

내가 나설 차례다. 가장 큰 스포트라이트를 받을 자리를 그는 내게 줬다.

"우리 모두 지금까지는 잘해 왔어."

"……."

작은 칭찬. 성과에 대한 이야기가 이어진다. 모두가 집중하며 침묵할 뿐이었다.

중요한 건 지금 하는 말이 아니기에, 다들 뒤에 이어질 말에 집중하려 하고 있었다.

"정리가 모두 끝났으니, 주변의 몬스터들도 당분간은 이곳에 올 리는 없겠지."

"그래도 삼 일 정도입니다. 몬스터들의 번식, 출현은 언제나 급작스러우니까요."

"그렇겠지."

운이철이 적당하니 운을 맞춰준다. 그것으로 대화가 이어진다.

"그러니 우리가 삼 일 내에 저것을 깨부숴야 된다는 결론이 나오게 돼."

"……"

꿀꺽. 누군가 침을 삼키는 소리가 들린다. 긴장했나.

"사실 삼 일이라 했지만, 전투 자체는 하루면 되겠지. 그래도…… 알지? 잘하면 몇몇은 죽을 수도 있다고. 한순간이 될 테니까."

"……알고 있습니다."

그때. 예상치 못한 이가 대답을 한다.

이박이다. 부끄러움이 많아서 사람들과 잘 어울리지도 못하는 그 아이가 답하고 있었다.

그리곤 묻는다. 진지하게. 누군가 본다면 굉장히 부담스러워 할 만한 강한 눈빛을 하고서.

"그래도 최선을 다할 거죠? 지금까지 그래 왔던 것처럼. 우리를 이끌어 주실 거 아닙니까? 그쵸?"

불안해서 묻는 걸까. 아니면 믿어서 묻는 걸까.

이박의 물음은 모두의 물음이기도 했다.

작전은 거의 정해져 있는 상황에, 이 레이드에서 가장 핵심이라고 할 수 있는 건 여전히 나였다.

모두가 버텨주더라도 내가 제대로 하지 못한다면, 그때는 모두에게 부담 아니 죽음으로 다가오게 될 거다.

진짜 내 작은 어깨에 모두의 삶을 짊어지고 싸우는 게 된다.

그러니 묻는 거다. 그렇기에 난 답할 의무가 있었다.

모두와 눈을 마주쳤다. 하나. 하나. 느리더라도 머릿속에 꼭 박아 넣듯이 나만을 주시하는 공격대원들을 바라봤다.

"당연하지. 나는 언제나 그러했듯이, 가장 먼저 설 거다. 그리고 가장 먼저 죽겠지. 그게 못나고 찌질한 내가 할 수 있는 최선이거든……."

민망하기만 한 말이, 드라마 대본으로 줘도 하지 못할 그런 말이 잘도 튀어나와 줬다. 내 입새로.

그럼에도 웃는 사람은 하나도 없었다. 아무도.

대신에 이박은 환한 웃음을 지었다.

"그거면 됩니다. 어차피 대장 없었으면, 우리 모두 하급으로 뒤졌을 겁니다."

"강해질 기회도 없이 파티 단위로 날뛰다 죽었겠죠. 그것도 나쁘진 않지만…… 재미없는 삶이죠. 그거."

"……애써 들어간 길드라도 소모품 취급받았겠지."

끄덕.

누군가의 말에 모두가 고개를 끄덕인다.

현실을 말할 뿐이니 아니라 반발을 하는 자도 없었다.

"지금까지 대장 덕에 잘 먹고 잘해 왔잖아. 그러니 우리도 한번 목숨 걸 때지. 그치?"

"……걱정 말라고. 탱킹은 내가 죽어라 해줄 거니까."

그러더니 자기들끼리 서로를 위로한다. 아니 위한다.

기다려왔다는 듯이. 그들의 각오를 말한다. 그들에게 뭐라 말을 할 수 없었다.

나는 멋진 연설도, 감탄 어릴 웅변도 하지 못할 뿐이니까.

대신.

"후읍……."

숨을 한 번 들이쉬고는.

내가 성장해 온 만큼, 같이 걸으며 성장해 온 공격대원들에게 한마디 날렸을 뿐이다.

"가자. 바보들아. 그리고…… 살아 오자."

"에!"

"모두 준비!"

인외도(人外道) 79

목숨을 걸어 몸이 준비됐고, 고난을 함께해서 전우가 되어 공격대를 이루었으며.

이제는 그 이상으로 가기 위한 한 걸음에 전부를 걸었다.

* * *

처억. 척.

적당한 거리. 아직 우리의 목표물이 있는 '그곳'과는 거리가 조금 떨어져 있다.

그렇다 해도 지금부터는 준비를 해야 했다.

"바로 가죠. 시간을 끌수록 불리해지는 건 우리니까."

화악—

시작은 운이철.

운이철이 이박에게 집중된 버프를 날린다.

"……후읍……."

이박이 숨을 크게 들이쉬고는, 내뱉으면서 동시에 나를 제외한 우리 전체에게 물을 뿌린다.

촤아악—

이능력이 잔뜩 심어진 물이다. 그냥 물이 아니다.

이 물은 금세 사라지지 않고 우리 몸에 머물러 줄 거다. 그의 힘이 완전히 사라질 때까지.

"하악…… 하……."

물의 보호막 정도는 아니더라도, 지속적인 버프 정도는 된달까.

앞으로 상대할 '놈'의 열기를 조금이나마 줄여 줄 거다.

"……힘이 삼분지 일도 안 남았어요."

"그거면 됩니다. 어차피 우리는 협동이 중요하니까요. 자, 바로 걸어갑니다."

"간다."

처억. 척.

운이철의 말, 허웅의 명령에 발맞추어 모두가 삼삼오오 걷는다.

탱커 하나에 딜러 두셋씩, 힐러는 가장 뒤. 그 뒤로 그들을 보호하는 딜러 몇.

기본적으로 하나하나씩만 놓고 보면 파티 단위와 같았다.

다만 차이가 있다면, 파티 단위라도 서로가 필요에 따라서는 뭉칠 수 있다는 것.

그리고 다 운이철의 치밀한 계산하에 만들어진 전력으로, 모두가 고른 전력을 가졌다는 것이 달랐다.

처억, 처억, 척척척척!

처음에는 느리게. 점점 더 빠르게. 빠르게.

속도가 더해진다.

화아아악—

점점 더 가까워진다.

슬슬 저쪽에서 우리를 느낄 때쯤 마지막이라는 양 운이철의 버프가 날아든다.

모두에게로 날아왔다.

하지만 평소보다 옅었다.

아까 이박에게 힘을 써서가 아니다.

그도 여기까지 강행군을 하는 동안 성장을 한 터. 이 정도에 완전히 지칠 만큼 약하지는 않았다.

대신 남은 모든 힘은.

"……잘해 주실 거라 믿습니다. 지금까지 했던 것처럼."

"목숨 걸 거니까, 어서요."

화아악—

모두 내게 깃들었다.

좀 더 빠르고, 힘세고, 강하게.

그가 할 수 있는 남은 모든 버프가 내게 부여됐다. 온몸에 힘이 넘친다. 심장의 박동이 빨라진다.

쿵쾅— 쿵쾅—

좋다. 기묘한 리듬감이 심장에서 계속해서 느껴진다.

심장의 운율을 즐기듯 속도를 더했다. 반 박자 더.

모두가 나를 뒤따라온다. 좋은 기분. 모두를 이끌어 가는 그 기분에 고양감을 느끼는 그 순간.

 —그워어어어어어!

 우리를 느낀 놈이 존재감을 크게 흩뿌린다.

 두려움이 함께 딸려온다.

*　　*　　*

 라바 스폰(lava spawn).

 이름 그대로의 몬스터다.

 용암 덩어리로 이뤄진 라바 스폰은 그 덩치 자체가 어마어마하다.

 —그어어어!

 지금 괴성을 내지르는 개체만 봐도 그 크기가 일단 오 미터.

 하지만 이게 라바 골렘이 아닌 스폰이라고 불리는 이유는 따로 있었다.

 스르르르. 스르—

 바로 지금처럼 자신의 몸을 줄여가면서 새로운 개체를 만드는 게 특기기 때문이다. 지금도 자신보다 작은 새끼 라바 스폰들을 쏟아내고 있지 않은가.

그렇기에 저것은 단일 개체이면서 동시에, 다수인 몬스터다.

전체가 하나가 되어 움직이는 덕분이다.

'가장 큰 건 삼 미터……. 나머지도 꽤 큰데? 무슨 물리 법칙 무시도 아니고.'

5미터에서 1미터씩 빼면 1미터짜리 두 마리나 겨우 나와야지. 생각보다 큰 것들이 새끼 치듯 나온다.

미친 몬스터 같으니라고.

그래도 내가 상대해야 할 몬스터다.

지표 아래에나 있어야 할 마그마 그 자체가 살아 움직이는 꼴이랄까.

정말 영화에서나 볼 만한 몬스터가 어느새 눈앞을 가득 채운다.

사실 마그마나 용암이나 순수 불이라 보기 애매하다.

분명 뜨거우며, 열기를 내포하고 있지만 암석이 고온으로 가열된 거랄까.

하여간 순수하게 가스불로 나오는 화염으로 볼 수는 없다.

'자세한 건 운이철이 설명해 주기야 했지만…….'

역시 공부 안 하던 내가 갑자기 가르쳐 준다고 갑자기 모든 걸 다 익힐 수 있을 리는 없지 않나.

중요한 포인트는 그게 아녔다.

저 라바 스폰이 완벽한 용암이든, 아니든 그런 게 중요하지는 않았다.

그런 걸 완전히 따지려면 애당초 저런 놈이 살아 움직인다는 거 자체가 웃긴 노릇이다.

중요한 건 저 열기.

라바 스폰이 순수한 불이든 아니든 간에 나는 '포식자'로서 흡수할 수 있다는 거다.

예전의 나였더라면, 아주 고자 같은 상태였다면 불가능했을 수도 있다.

'그릇이 안 되니까. 또한 순수 열기는 느끼지도 못했지. 불이나 흡수하고 있을 수밖에.'

처음 이능력을 깨달았던 초기.

아마 용암에 몸을 던졌더라면 그대로 죽었을 거다. 약했으니까.

각성한 지금과는 다르게 그때는 내가 받아들일 수 있는 불의 용량을 알 수가 없을뿐더러, 용암의 열기만 쏙 빼서 흡수할 수 있다고도 장담 못 했다.

설사 용암의 열기만 쏙 빼 흡수할 수 있다고 하더라도, 열기를 제외하고 남은 굳은 돌은 어떻게 하나?

방법이 없다.

결국 그때는 우연찮게도 용암을 흡수하러 갈 생각은 안 한 거 자체가 다행이었다. 잘못하면 죽을 줄도 모르고 달려들었을 거다.

'그래도 지금은 달라.'

열기 그 자체를 어느 정도는 흡수할 수 있다.

불의 힘이 강해지면 강해질수록 그게 되는 게 느껴진다.

대기 중에 있는 열 그 자체를 흡수하지는 못해도, 저 정도로 대단한 열기는 흡수할 수 있다는 게 확실히 느껴진다.

그릇이 커졌으며 '포식자'로 각성을 한 덕분이다.

그리고 그 각성의 힘을 지금은 한껏 내보일 때다.

—그어어어어!

"저 미친 새끼를 잡아서 말이지…… 후."

작게 읊조린다. 그리곤 크게 외친다.

"뚫어! 제대로 처리해 줄 테니까!"

"알았어요!"

가장 먼저 달려가는 건 이서영이었다.

그녀는 내게 최선의 길을 열어 주려는 듯 어느새 자기 몸보다도 더 큰 거대한 방패를 만들어 내고 있었다.

콰앙—!

그녀가 땅을 박차는 것만으로 땅이 팬다.

라바 스폰 새끼들과 그녀의 거리가 압축된다. 공기가 터진다. 부딪친다.
―그어어억
―그억
그대로 라바 스폰들이 꼬치로 꿰여 터져버린다.
순간적으로 길이 열린다.

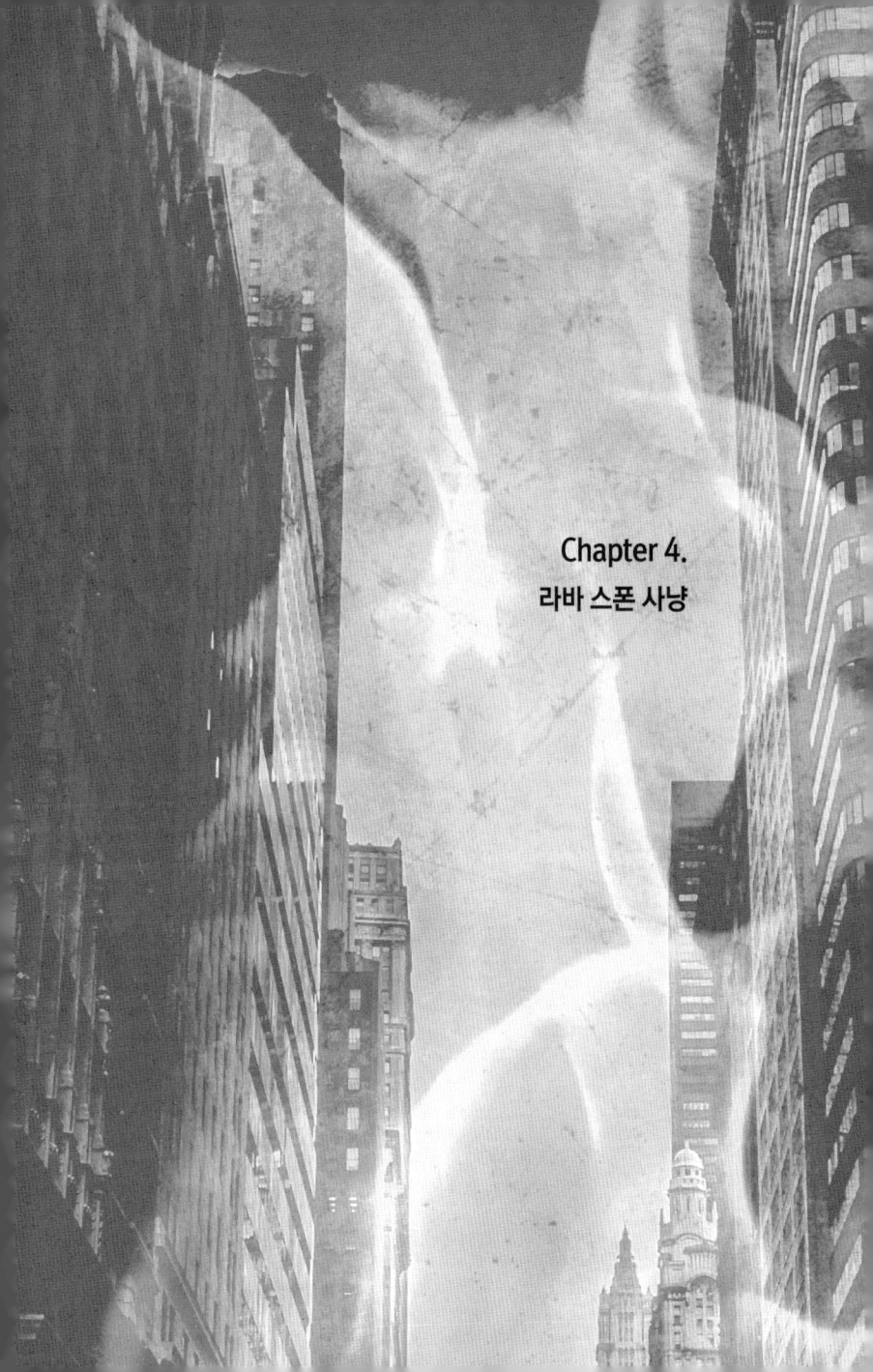

Chapter 4.
라바 스폰 사냥

허나.

스르르르—

그녀가 애를 씀에도 라바 스폰늘은 다시 형상을 만들어 내려 하고 있었다.

어설프게 몸을 꿰뚫고, 찢어봐야 다시 살아난다는 듯이!

그러나 이조차도 그녀가 애써 만들어준 틈이다. 이 틈을 놓쳐서야 또 애를 먹을 수밖에 없었다.

이서영에게 눈짓을 하곤, 다른 이들에게 다시금 외치며.

"잘하라고!"

몸을 박찼다!

타앙!

폭발까지 일으켜서 움직이는 나의 몸을.

―그어어!

다시 살아나듯 몸을 만들어낸 라바 스폰들이 잡아채려 한다. 하지만, 이쪽이 더 빨랐다.

게다가 라바 스폰의 몸이 닿는다 해도 일부였다.

치이이이익―

그 정도쯤이야.

―그어??

라바 스폰이 당황하기엔 충분할 만큼 열기를 흡수해 낼 수 있었다.

용암 그 자체인 라바 스폰 아닌가. 내게서 열기를 빼앗긴 부분이 화강암처럼 변하다가 이내 다시 돌아온다.

'각자가 핵이 있다고 하더니.'

핵이 살아 있는 한은 계속해서 자기 몸을 유지할 수 있는 듯했다.

아찔한 광경이다.

또한 공격대원들이 잘할 수 있을지 걱정되는 광경이기도 했다.

지금껏 상대했던 그 어떤 몬스터들보다 괴악한 상대였으니까!

"하아앗!"

마지막으로 들리는 건, 탱킹을 위해서 달려 나가는 허웅과 다른 탱커들의 목소리.

그걸 뒤로하며 삼 미터는 되는 라바 스폰을 향해서 달려 나갔다.

* * *

전장의 상황은 크게 그러졌다.

단순히 파티, 공격대의 규모라 보기엔 스물다섯이 만들어 내는 조화와 라바 스폰의 충돌은 하나의 전장을 방불케 하는 광경이다.

그 가장 뒤.

다른 몬스터가 없기에 안전할 수 있는 자리.

또한 공격대원들 모두가 배려한 자리에 치유를 맡은 이 능력자들과 그가 있었다.

운이철이다.

"후욱…… 후!"

이제는 익숙해져야 함을 알지만, 가쁜 숨을 참을 수는 없는 듯 몇 번이고 숨을 가쁘게 내뱉는 운이철이다.

그러다 이내.

'정신을 차려야 해. 이대로 있어선 안 돼.'

굳은 의지로, 이제는 그만 쉬게 해 달라는 몸을 추스른다.

더 떨지 말라고. 이대로 주저앉아서는 안 된다고 말한다.

전과 같은 꼴이 될 거냐고 몸에게 말한다.

그 의지를 들었는지, 덜덜 떨기만 하던 몸이 조금은 잦아든다.

여전히 힘은 하나 없었지만, 운이철은 고개를 들어 앞을 봤다.

"치유를……."

"아뇨. 치유가 필요한 건 제가 아니라 저들이겠죠. 힘을 아끼세요."

뒤늦게나마 운이철의 상태를 본 김태헌이 치유를 말하지만, 그조차 거절.

냉정한 눈빛으로 자신이 할 일을 찾았다.

그의 일. 보조였다. 전장을 살피고 전투를 직접 수행해야 하는 공격대원들을 보조해야 했다.

그들이 보는 곳, 보지 못하는 곳까지 살펴서 보조해야 했다. 그러자고 얻은 능력이다.

'할 수 있을까?'

심장은 요동치고 몸이 달리기로 전력질주 한 것처럼 덜

덜 떨려왔다. 당장이라도 눕고 쉬고 싶었다.
'아니. 할 수밖에 없다.'
이내 고개를 젓고 눈을 부릅떴다.
고오—
얕게 남은 이능력을 불러일으킨다.
거의 남지 않은 이능력을 일으킴에 몸이 후들거리지만, 대신에 그의 눈이 변했다. 우윳빛 백안이 됐다.
그때부터 기세가 보이기 시작한다.
라바 스폰들의 기세. 공격대원들의 기세가 빛처럼 읽혀진다.
거기에 더해서 그의 이성으로 그들의 능력이 정리가 된다.
그의 원래 가진 이성과 이능력의 조합이란!
"신지은 씨, 뒤! 마동수 씨는 신지은 씨의 앞에 중력을!"
"큿!"
"……알겠습니다!"
전장의 지휘자를 만들어냈다.
김기환이 가장 앞서 나가 전장을 이끄는 패왕이 됐다면, 그는 지모를 가진 전략가가 된 거다.
계속되는 지휘.
"허웅 씨, 한 걸음 뒤로. 다시 이박 씨는 허웅에게 물을 뿌려요!"

"옙!"

시간이 갈수록 그의 능력이 개화되듯 피어난다. 그의 머리가 과열되듯 열이 나기 시작한다.

실시간에 가까운 수준으로 그의 머리에 전장이 읽혀진다.

아니 변한다.

과부화되는 머리가 그를 보호하기 위해선지, 이능력이 발동된 건지는 몰라도 머리 그 자체에서 이미지가 그려진다.

그의 눈에는 언제부턴가 전장이 체스판이 됐다.

'폰, 룩, 나이트, 비숍……'

가장 앞 열에 선 탱커들. 여덟의 탱커는 그의 체스판에서 폰이 됐다.

하찮아서가 아니다.

그들은 가장 앞 열. 그들에게 있어 최전방을 지키는 자.

"하아앗!"

"막아! 뒤져도 막으라고!"

언제나 가장 앞에서 모든 고통을 감내하는 자들이다.

그들은 언제고 묵직하니 그들의 앞을 지켜준다.

운이철이 그리는 체스판에서 폰은 결국 전장의 수호신이

며 중심! 그 중심에서.

"크게 한 방 갈게요!"

가장 중심이 되는 자는 각성한 이서영.

철의 여인이 된 듯 방패와 세검을 양손으로 휘두르는 그녀는 그에게 있어 퀸이었다.

또한 언제고 쓸 수 있는.

'조커.'

가장 위험한 순간.

앞으로 그 어느 순간이라도 김기환이 쓰러지는 그 순간 역전을 만들어 낼 수 있는 건 이서영이 될 거다.

그 폰들을 필두로 해서 뒤에서 종횡무진 활약하는 근거리 딜러들.

그들은 운이철에게 체스판의 나이트가 된다.

"뒤입니다! 몸을 돌려요!"

"으읏! 갑니다!"

―그르륵!

계속해서 재생해 나가는 라바.

그 라바를 상대로 찌르고 또 찔러야 하는 고통을 감내해야 하는 자들.

공격이 먹히든 안 먹히든, 몬스터를 상대하며 종잇장 같은 몸으로 전장을 휩쓸어야 하는 그들은 언제나 위태롭다.

그런 나이트들을 보조해 줘야 하는 건 룩이다. 원거리 딜러들!

"조합기로! 마동수 씨!"

"알겠수다! 으얏!"

그들은 언제고 멀리서 공격을 해낸다.

운이철의 명령에 따라 전장의 지형을 바꿔낸다.

기세를 만들어 내며, 아군의 밀림을 다시 역전시켜 준다. 때로 모든 것을 갈기갈기 찢어주는 그들은 결국 룩이다.

비숍은 자연스레 남은 힐러와 그 자신.

그들은 전장에 반쯤 몸을 담근 채로, 남은 모든 체스 말들이 자신의 역할을 할 수 있게 만드는 역할을 한다.

그게 운이철이 머릿속으로 그려내는 전장이었다.

'보인다. 더 강하게.'

전장이 선명하게 보이면 보일수록, 기세를 읽어내는 것이 많아지고, 정보를 처리하는 게 많아지면 많아질수록 그의 체스판은 더욱 거대해졌다.

많은 걸 보낸다.

복잡함을 그려낸다.

언제고 폰은 폰으로서 끝나고, 룩은 룩으로서 전진만 해대는 그런 체스판 따위가 아니었다.

때로는 폰이.

"탱커 두 명씩 모여서 그대로 돌진!"

전장을 꿰뚫어주는 나이트가 되기도 한다. 또 때로는 나이트가.

"원거리와 동시에 타이밍 맞춰요. 하나! 둘! 셋!"

"바로 갑니다!"

원거리의 룩과 섞여서 룩도 나이트도 아닌 기묘한 존재가 되어 버린다.

머리로 체스판을 그리기에 룩, 나이트, 폰을 그릴 뿐. 이들은 하나, 하나가 각기 다른 개성과 이능력을 가진 존재들!

감히 그런 자들을 가지고 단 하나의 개체이며 단순한 말이라고는 할 수 없지 않은가.

그렇기에 그가 그리는 체스판은 언제고 복잡하다.

천재라 불리는 그도 과열될 만큼!

그런 그의 체스판의 적들.

―그르르륵

―그륵

라바 스폰들도 분투를 했다.

타들어 가는 자신의 몸을 더욱 크게 늘려 탱커를 압살하려고도 한다.

또 때로는 둘이 합쳐서 덩치를 키워, 자신에게 날아드는 공격을 피한다.

무형상, 무형태.

표현할 말은 많지만, 언제고 변할 수 있는 변이체에 가까운 라바 스폰들 또한 운이철의 머리에서 계속해서 변화하는 말이었다.

처음 머리로 체스판을 그리는 그에게 있어서!

또한 이제 막 그의 능력을 더 크게 개화하고 있는 그로서는 상대하기에 벅찰 수도 있는 상대였다!

그럼에도 그는 멈추지 않았다.

이대로 머리가 녹아 없어지더라도, 신경 다발이 복잡하다 반발하고 고통을 주더라도 멈출 생각이 없었다.

"다시 갑니다!"

계속해서 체스판의 전열을 그려가고 공격대원들을 보조, 아니 지휘해 나갈 뿐이었다.

* * *

공격대원들 모두가 운이철의 명령을 듣는 것.

일견 그 장면은 분명 김기환의 존재감을 없애는 것과 같은 모습일 수도 있었다.

공격대의 대장은 김기환일 따름인데, 그 누가 보아도 지휘는 운이철이 하고 있다 느낄 수 있으니까.

하지만 적어도 여기 있는 자들. 공격대원들은 그게 아님을 알았다.

그들의 중심.

운이철이 그리는 체스말의 왕.

김기환은 자신이 아직 모자라다, 부족하다고 말하지만 모두는 그게 아님을 알았다.

그는 그런 존재가 아니었다.

언제부턴가.

아니 적어도 운이철이 처음 그를 봤을 때부터.

'불타오르고 있지.'

그래. 그는 불타오르고 있었다.

활활. 자신의 생명을 태워가듯, 주변에 열기를 전하면서 나아갔다.

자신의 말로는 아등바등이라고 표현했지만, 때로 멋진 연설 하나 하지 못한다며 핀잔 어린 말을 하는 그지만.

그는 모두를 모은 존재다.

항상 앞에 서며, 지금 이 순간조차도 가장 위험한 곳에서 날뛰기를 주저치 않는다.

뛰어난 지략도, 완벽에 가까운 무력도 아직이지만 그는 분명 그들을 위하는 존재임이 분명했다.

모자라더라도 언제나 앞에 나서는 그는 리더라 하기에 충분했다.

그렇기에 그는 운이철이 그리는 체스판에서 언제고 왕이다. 그리고 그 왕은.

'……또 새로운 일 보를 나가는 거지.'

항상 자신은 부족하다며 채찍질을 하고.

아직 자신은 찌질하기만 하다며 말을 하지만, 언제부턴가 그런 모습조차 사라져 가고 있었다.

성장하고 있었다.

커가는 왕이라니.

우습기만 할 수 있지만, 모두가 같이 커갈 수 있으니 이만한 왕이 또 있으랴.

그렇기에 그가 만들어 나갈 일 보.

―그어어어!

거대한 라바 스폰을 상대로 칼을 쥐고 달려 나가는 그를 위해서!

운이철은 계속해서 전장을 그려 나간다.

그가 한 번이라도 좀 더 검을 쉬이 날릴 수 있도록. 좀 더 쉽게 상대할 수 있도록 체스판의 크기를 부풀리고 지휘하여 기환을 위한 환경을 만들어 냈다.

그의 계획대로라면.

'좀 더 크게…… 성장해야겠지.'

그에게 걸맞은 군주가 될 수 있도록 하기 위한 모든 의지와 의념이 이 체스판 안에 담겨 있었다.

그 체스판 안.

언제부턴가 그의 왕이 된 기환은.

"하앗!"

체스판에서 한 발짝씩밖에 움직이지 못하는 킹 주제에도! 언제나 느리게 나갈 수밖에 없는 킹이면서도!

가장 앞선 곳에 나아가 또다시 검을 휘두르고 있었다.

* * *

이쪽도 불. 저쪽도 불.

어차피 불과 불의 싸움이다.

용암이 어쩌고저쩌고 하는 건 일단 넘어가자고!

중요한 건 내 눈앞의 라바 스폰 아닌가.

'어쭈? 변환이냐.'

놈은 몸의 형상은 아무래도 상관없는 듯했다.

인간의 형상을 하다가, 순간적으로 자신의 오른팔을 크게 변화시켜서 내게 달려든다.

그대로 나를 내리 누르려는 기세다.

몸의 형상 변화가 자유로운 듯했다. 유기체 같았다.

기세 싸움을 하자는 거다. 일대일로 힘겨룸을 하자는 거겠지.

못 할 건 또 뭐냐.

"……우와악!!"

퍼엉! 펑!

놈의 손이 내 검에 닿자마자 터지는 폭발음이 들린다.

'열기는 몰라도 폭발은 좀 위험한데.'

화악—

온몸으로 불을 일으켜 폭발에 대비를 한다. 동시에.

치이이익—

'내놓으라고!'

검과 맞닿은 놈의 손에서 열기를 뺏어온다.

순수한 불은 아니지만, 불빨로 살아가는 내게는 충분한 열기가 됐다.

—그륵!?

놈이 당황하는 게 느껴진다. 자신의 열기에 당하면 당했지, 되려 뺏어 갈 거라고는 생각도 못한 듯했다.

"흐흐. 새꺄."

툭. 놈의 손에 검을 맞대느라 반 보쯤 밀렸던 걸음을 억지로 힘을 줘서 뗐다.

한 걸음씩 전진을 하면서 놈의 열기를 흡수해 갔다.

당황하던 라바 스폰은 갑작스레 검에서 손을 뗐다.

그리곤 양손을 동시에 박수치듯 내게 퍽하고 내질렀다.

'어쭈?!'

우선은 피할 수밖에 없었다. 열기를 빼앗아도 굳은 돌이 남지 않나. 아무리 나라도 돌을 다 깨부술 수는 없었다.

첫 타에서 기세는 내가 잡았지만, 두 번째에서는 내가 밀렸다.

일대일. 서로 한 방씩 먹였다.

그 상태로 술래잡기가 시작됐다.

누가 도망가는 술래잡기가 아녔다.

라바 스폰은 나를 양손으로 잡아 찢어발기려 했다. 태우지 못하면, 육체로라도 우세를 점하려 했다.

그런 라바 스폰을 상대로 난.

치이이익— 치이—

놈의 열기를 빼앗을 건 빼앗고, 또 얻을 건 얻었다.

최대한 놈의 손, 아니 계속해서 변형돼서 툭툭 하고 튀어나오는 놈의 육체를 최대한 피하면서 열기를 뺏었다.

얼핏 보기엔 내가 유리해 보이는 술래잡기기도 했다.

하지만.

시간이 지나갈수록 느꼈다.

'소용이 없나.'

놈에게 있을 거라는 핵.

몸 중심에 있을 핵이 있는 한, 놈은 계속해서 불길을 뿜어낼 수 있는 듯했다.

무한은 아니겠지만, 내가 지치기에는 충분할 만큼 불길을 뿜을 수 있을 느낌이다.

기운이야 빨아들이니, 문제가 없지만 언제나 체력이 발목을 잡는다. 또한, 정신력도 문제였다.

불의 기운이야 그렇다 치고, 육체는 당장 어찌할 방법이 없지 않았나.

불의 기운은 버티더라도 육체에 한 방 맞으면 곤죽이 될 수 있는 상황이었다.

그러니 그걸 피하며 술래잡기를 하는 나로선 체력이 떨어져 갈 수밖에 없다.

"……젠장할. 어려운데 이거."

운이철이 이곳에 보낼 때만 하더라도 알려줬던 방법은 둘.

'전부를 흡수하거나, 한 방에 처리하거나.'

그답게 하나의 방법이 아닌 둘이나 되는 공략법을 말해 줬다.

하지만 어느 한쪽도 내게 확신을 주는 방법은 아녔다. 둘 다 어려웠다.

딱 목숨을 걸어야 할 만큼.

아니 건다고 해도 확신을 가지지 못할 만큼 어려운 방법들이다.

내가 그동안은 하지 못했던 방법이니까.

그럼에도.

―그어억!

라바 스폰은 화염 그 자체인 골렘이라도 된 듯 몸을 날리고 주먹을 휘두른다. 때로 거대한 슬라임같이 변해 나를 잡아먹을 듯 덮친다.

그 한 번 한 번의 공격이 묵직했으며, 위력적이었다.

'이대로면…… 안 돼.'

점차 밀린다.

주변의 공격대원들은 분투하는 게 느껴지는데 나만 밀리는 느낌이었다.

지겹도록 각오를 다졌고, 지겹도록 목숨을 건다 말했다.

그리고 지금 정말로 지겹도록 되뇌었던 각오를 실제로 실현해야 한다는 걸 느꼈다.

'선택하자.'

몸을 뒤로 훅하고 물렸다.

도망치자고 물린 게 아니었다.

애써 균형을 유지하고 있는 공격대원들의 도움을 받자고 하는 것도 아녔다.

다만 선택했을 뿐.

―그어어!

그런 나를 향해서 라바 스폰이 거대한 몸을 들고 쿵쿵대며 다가온다.

다 잡은 쥐라도 되는 듯 거대한 팔을 만들어 나를 잡아채려 한다!

그 순간!

화아아아악―!

내 몸에 있는 모든 불의 기운.

지금까지 받아들인 모든 불의 기운이 내 몸 전체로 뻗치기 시작됐다.

* * *

한 방에 처리를 하는가?

아니. 그건 선택치 않았다. 무리다 그건. 열기는 어찌 잡을지 몰라도, 남은 육체가 문제다. 안 될 거라는 직감이 들었다.

남은 선택은 하나.

'모두를 흡수하는 것.'

될까? 안 될까? 하는 그런 생각은 선택한 뒤로 미뤘다.

된다라고만 생각할 뿐.

온몸에 불을 일으키고, 영역을 넓혔다.

두웅—

불타오르는 내 몸이 일순간 떠오른다. 온몸에 불을 내뿜었을 뿐임에도 공중으로 둥실하고 떴다.

잘됐다는 듯이.

—그우억!

잡기가 편해졌다는 듯 거대한 손이 나를 향해 다가온다.

그런 라바 스폰을 상대로 물리지 않았다. 도망갈 수 있음에도 도망가지 않았다.

대신.

'넓혀야 해.'

내 온몸의 영역. 불타오르고 있는 영역을 넓혔다.

화아아악—

내 의지를 받는 불의 기운이 온몸으로도 모자라 주변에 퍼트려진다.

불이 불을 낳듯, 거대한 불이 됐다.

그 상태 그대로 느꼈다.

나의 온몸에 퍼져 있는 불. 그 주변으로 퍼진 불. 더 멀리서는 나를 꽉 움켜잡으려는 라바 스폰에 저항하려는 불을 전부 느꼈다.

그리고 거기에 더 의지를 뻗어서 나아갔다.

―그어어억!

그 목표는 라바 스폰.

불타오르는 나의 몸을 뭉개버릴 듯 계속해서 힘을 주고 있는 양팔. 이어지는 놈의 육체. 나를 탐욕스레 바라보는 눈. 그 안의 핵까지.

모두가 목표였다.

그 안으로 내 의지가 불타올랐다.

새로이 개안을 했으며, 선택을 한 나로서 해내야 했다.

'됐다!'

라바 스폰의 화염이 나의 화염이라도 되는 양 계속해서 시도를 해 댔다.

놈의 압박이 느껴지는데도 계속!

결국.

나를 압박하는 손이 느껴진다. 이어지는 팔꿈치. 팔 전체가 느껴진다. 이어지는 가슴어림. 그 안에 있어야 할……

"우욱……."

콰즈즈즉―

갑작스레 압박이 강해진다.

본능적으로 뭔가를 느꼈는지, 온 괴성이란 괴성을 다 지르며 나를 압착시키려 한다.

놈을 상대로 잘 버티고 있던 온몸에 타오르는 불이 압착되기 시작한다.

점차 내 영역이 줄어든다.

잘만 느껴졌던 놈의 영역이 줄어드는 느낌이다.

영악하게도 놈은 나를 압박하는 손의 불은 어느샌가 꺼 버렸다.

정말 순간이었다.

더 내가 불을 느끼지 못하도록 하고 있었다. 머리를 썼다. 몬스터 주제에.

'눈치챈 거냐.'

불의 기운을 잠시 꺼트린 암석으로 된 몸. 그것 하나만으로 나를 상대하려는 듯했다.

불로는 안 되니, 암석으로 나를 아작 내려 한다.

열기가 사라지면 암석으로 된 놈의 몸도 잠시 굳어 버리겠지만 그 정도야 감수를 하겠다는 의지가 전해졌다.

순간적으로 느껴지던 놈의 열기가 더 멀어지는 느낌이다.

나와 이어져 있던 놈의 화염과의 어떤 연결이 사라지는

느낌이었다.

이대로는 압착이 될 판!

그래선 안 됐다.

내가 여기까지 어떻게 왔는데!

여기서 압착이나 되겠다고 달려 왔단 말인가!

끊어진 연결. 각성 상태에 들듯 이어졌던 화염의 기운을 애써 느끼려 찾고 또 찾았다.

몇 날 며칠은 굶은 걸인처럼 불의 기운을 느끼려고 애를 썼다.

그러다 순간 느꼈다.

'저기다!'

온몸이 굳어 감을 감수하면서도 버티고 있는 라바 스폰의 중심.

삼 미터는 되는 놈의 몸 한가운데. 그 가운데에서도 약동하는 심장이라도 되는 듯 열기를 내뿜는 핵!

두근— 두근— 두근—

그 핵이 심장처럼 느껴졌다. 맥박이 더 빨라진다.

'이게 포식이었어. 그동안 너무 단순하게만 생각했다고. 이런 만찬을 두고!'

놈의 심장이 아주 맛난 만찬처럼 느껴졌다.

그건 세상에서 제일 맛있는 '무언가'였다.

오로지 나만을 위한 것.

지금까지 그릇을 키우고, 아등바등 커 온 나를 위한 메인 요리같이 느껴졌다.

"흐으."

나도 모르게 말라버린 입술을 핥았다. 뱀처럼.

그래. 나는 화염의 포식자고. 단지 놈은 화염을 저장하는 작고 미천한 존재일 뿐이었다.

크기 따위가 중요한 게 아니었다.

'화염이 나고, 내가 화염이지 않나.'

그걸 깨닫고 나니, 그동안의 고됨이 모두 헛짓으로 느껴질 정도였다.

―그르륵?!

순간 놈이 움츠리는 게 느껴진다.

눈앞의 사자를 마주한 토끼처럼 몸을 떠는 게 느껴진다.

본능이 강한 라바 스폰인 만큼, 본능으로 행동해도 머리를 쓸 줄 아는 라바 스폰인 만큼 더 빠르게 느낀 듯했다.

잡아먹힌다고.

―그르르륵.

쿠웅. 쿵.

놈이 뒷걸음질 친다.

조금 전까지 나를 압착하려던 손은 이미 떼어진 지 오래였다.

지금까지 보이던 모든 용맹이 다 거짓이라도 되는 양 겁을 먹는다.

애를 쓴다. 살려달라는 듯 두려워한다.

다른 라바 스폰들도 모두 움츠리는 게 느껴진다.

보지 않아도 알았다.

단지 나의 '포식'에서 하나를 더 깨달았을 뿐인데도. 그 모든 것들이 보지 않아도 느껴졌다.

여기는 나에게 잘 차려진 만찬장이었고.

나를 위한 공간이다.

각성을 하고도 한참인데 이제야 내 힘의 '진의' 중 하나를 깨달았으며, 내 강함을 실감했다.

불. 열기. 화염.

그 무엇으로 표현되든 불이라는 족속들은, 내 것이 될 거다.

한 번에 되지 않는다면, 조금씩이라도. 평생을 야금야금 빨아들일 먹이가 될 거다.

포식자로서 그게 당연했다.

영역이 넓어졌다.

내 몸에서만 느껴지던 불의 기운이 이제는 내 반경 몇 미터는 쉽게 느껴지는 느낌이다.

'포식의 힘이 커졌다.'
저 라바 스폰 덕분에 그 힘을 알게 되지 않았나. 그러니.
"곱게 먹어 주마."
―그어어!
애처로워 보이는 라바 스폰을 향해 내 몸이 다가간다.

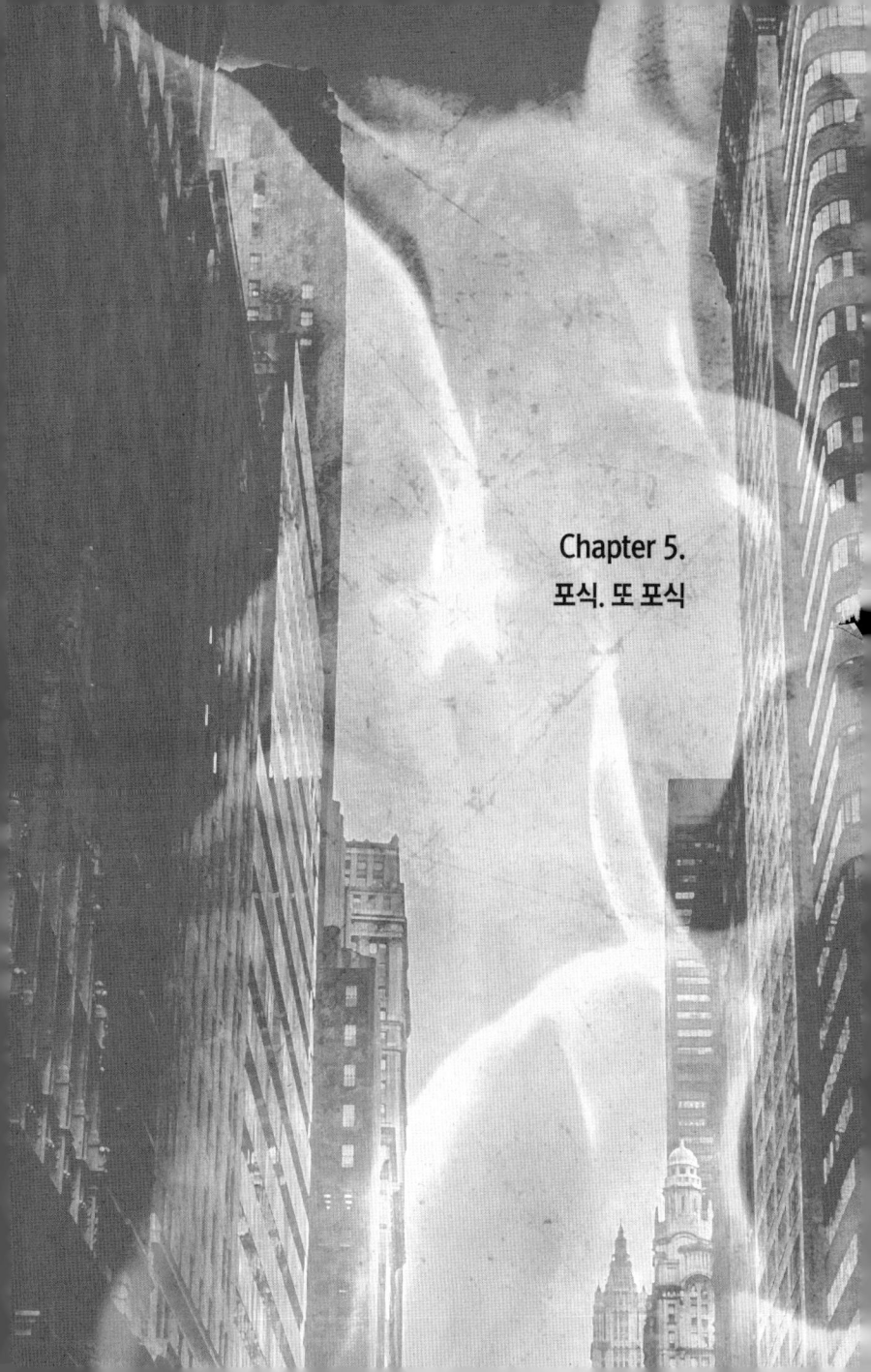

Chapter 5.
포식. 또 포식

―그어어어어……

소리로는 들리지 않지만, 머리로는 라바 스폰의 말이 들리는 듯했다.

'살려줘. 제발…….'

이라고 하지 않았을까.

내가 다가갈수록 삼 미터는 됨 직했던 라바 스폰의 몸이 사그라들어 버린다.

덜덜 떠는 건 여전한데, 변화는 계속됐다.

푸스스스. 몸을 이루던 암석들조차도 가루가 되어 간다.

마치 더는 자신의 몸의 형상을 이어갈 수 없다는 듯이.

아예 물기가 완전히 빠져버린 흙처럼 바스라져 버린다.

바사사삭. 바삭.

그러자 그 몸의 중심에 있던 핵.

라바 스폰의 정수가 고운 살결을 드러낸다.

화염이 이글이글 불타는 핵이 보인다.

보통은 손으로 잡을 수도 없는 핵이지만, 내게는 그 무엇보다 맛있는 먹이였다.

세상의 진미 중 하나다. 침이 꼴깍 삼켜진다.

"……먹자."

망설임 따위는 없었다.

공격대원들과의 상의도 생각지 않았다.

단지 이것은 내 것일 뿐이라 생각했다. 그 누구도 날 막는 자는 없었다. 아니 없어야 했다.

핵을 쥐고 손에 힘을 줬다.

'먹혀라.'

화염을 빨아들일 때와 같은 의지를 일으키자 핵이 쪼그라들기 시작한다.

고오오오—

핵에 들어 있던 화염의 기운이 내게 쏟아지듯 들어오는 게 느껴진다.

포만감이 점차 차오른다.

―끼아아아악!

핵도 고통 어린 신음을 내뱉을 수 있을까? 아니면 내 착각이었을까.

알 게 뭔가.

안 된다는 듯, 어디론가 도망치려는 라바 스폰의 핵을 그대로 흡수하기 시작했다.

'……새롭다.'

히드라. 아류라지만 브레스를 쓸 수 있는 히드라의 핵은 불을 쉽게 집중시킬 수 있게 도움을 줬다.

그렇다면 이 핵은.

'되려 분산이군…….'

라바 스폰의 특기가 동시에 여러 개의 핵을 만들 수 있는 것이듯, 지금의 핵은 내게 불을 '퍼트릴' 힘을 줬다.

아직 사용해 보지 않았어도 알 수 있었다.

열을 겨우 헤아리게 만들던 불의 단검도, 지금은 수십을 만들 수 있을 것 같았다.

불의 총량이 크게 달라지든, 달라지지 않든 간에 이 핵은 내게 '퍼트리는 방법'을 알아서 가르쳐 주는 느낌이었다.

부르르―

새로운 것을 안다는 것. 새로운 힘을 갖는다는 희열에 몸이 절로 떨리는 느낌이었다.

추우욱—

어느새 내 머리통만 한 핵이 그 힘을 다 잃어 고운 암석이 돼 버렸다.

'쯧…… 아쉬운데.'

가장 큰 핵을 순식간에 다 흡수해 버린 거다.

최대한 아껴 먹었는데도 짧은 음미밖에 하지 못한 느낌이다. 아쉽게 완전히 사라졌다.

하지만 만찬이라 하는 건 이걸로 끝이 아니었다.

한 번 먹고 끝이라 해서야 만찬이라고 할 수 없지 않은가.

뒤를 돌아봤다.

—그르르륵

—그륵

저기 저 물러나고 있는 라바 스폰들이 보인다.

포악한 불길이라도 되는 듯 공격대를 압박하던 라바 스폰들은 전의를 잃어버린 지 오래였다.

그들에게 멈춤 없이 다가갔다.

"포식 좀 해 보자."

몬스터인 주제에 벌벌 떨어대는 놈들에게 선사할 건 죽음밖에 없지 않은가. 덤으로 내겐 포식이 주어지겠지.

＊　　＊　　＊

"후아."

한숨이 아니다.

사람이 배가 잔뜩 부르면 나오는 숨이 있지 않은가. 잔뜩 포만감에 젖은 숨. 그거다.

'좋다.'

일류 쉐프가 만든 맛있는 음식을 잔뜩 먹어 본 느낌이다.

사실 쉐프가 만든 음식보다 좋았다.

그건 먹다 보면 물릴 수 있지만, 불빨은 먹으면 먹을수록 불타오르니 더 좋을 수밖에.

한참 포만감을 즐기고 있으려니, 허웅이 우려 섞인 목소리를 내 온다

"이렇게 되면 남는 게 없지 않냐?"

"왜?"

"네가 다 먹었잖아. 핵도 다. 어느 정도야 예상했지만, 전부는 생각도 못 했다고."

허웅으로선 공격대에 애정이 많다. 덩치답지 않게 꼼꼼히도 챙기곤 한다.

군대로 치면 행정보급관 같은 느낌이랄까.

지 거만 챙기는 나쁜 놈 말고, 진짜 제대로 된 애정 어린

보급관 같은 거 말한 거다.

그러니 공격대에 제대로 분배가 안 되면 불만이 생길 걸 예상하고 저러는 거다. 그의 걱정도 이해는 된다.

"라바 스폰은 그거보다 저 암석이 중요한 거야. 걱정 마."

"그걸 어떻게 알아?"

"제가 가르쳐 줬습니다."

"어, 그래요?"

"예. 저 암석 잘만 녹여 쓰면 무구 강화에 좋습니다. 한철님께 가면 처리해 주지 않겠습니까?"

"커흠…… 뭐 그렇다면야 상관없겠네. 애들한테 이야기 하러 가겠수다."

하지만 역시 운이철이 나서니 상황 종료다.

역시 그의 말은 제법 잘 먹힌다. 다들 나랑은 다른 방식으로 신뢰를 해서겠지.

전투에는 나를 믿어 준다면, 관리에는 운이철을 믿어주는 느낌이다.

허웅이 공격대원들에게 설명을 하러 가고. 남은 건 나와 운이철 정도다.

평소 내게 다가오는 이서영조차도, 지쳐서 물러나 있다.

'한서은 씨는 언제 오려나.'

참고로 요즘 보이지 않았던 한서은은 공격대에 합류하고도 따로 '일'이 있어서 잠시 빠졌다.

그것도 중간에. 그래서 안 보인 거다.

이번엔 그녀 나름의 사정이 있어서가 아니다.

운이철이 일을 시켜서다. 공격대원들도 모르게 따로 시킨 일이 있다.

딜러라도 몸이 날래서, 자기 몸 하나는 내뺄 수 있는 그녀니까 시킬 수 있는 일이긴 했다.

다른 이들이 빠지면 문제가 됐겠지만, 그녀는 반쯤만 공격대에 속한 덕분에 시킬 수 있는 일이었다.

믿을 만하면서 따로 놀릴 수 있는 전력이란 아주 좋았다.

'그리고 비장의 무기가 돼 주겠지.'

잠시 하던 그녀에 대한 생각은 일단 접었다. 그녀의 일 또한 후일을 위한 준비 중 하나다.

당장은 바로 앞의 운이철을 바라봤다.

그는 꽤 흐뭇한 미소를 짓고 있었다. 학자로서의 호기심도 일부 보였다.

"어떻습니까? 맛은?"

"좋더군요. 그래도 이번에도 아슬아슬했다고요."

"생각보다 쉽게 잡으시던데요?"

"설마요. 그렇게 쉬웠으면 개고생하겠습니까. 처음부터

흡수했지."

"기환 씨는 엄살이 심해서 문젭니다. 후후."

말은 이러면서도 그나 나나 흐뭇한 표정을 짓고 있을 게 뻔했다.

좋은 상황이었다. 목적 중에 하나를 이뤘고 첫발을 내딛는 데는 성공적이었다 할 수 있었다.

"어떻게, 영상은 잘 찍었습니까?"

"물론이죠."

그가 렌즈를 가져다 대고 톡톡 친다.

적당히 편집되겠지만, 그 정도라면 좋은 영상이 만들어질 게 분명했다.

이번 사냥 동안 거의 모든 장면을 찍어댄 데다가, 레이드가 시작할 때부터 하던 짓이다.

그러니 영상이 좋은 게 안 나올 리가 없었다.

'이 또한 하나의 준비지.'

영상조차도 앞으로를 위한 준비다.

또한 앞으로 나가는데 있어 여러모로 도움이 될 거기도 했다.

거기다 레이드의 목적은 거기서 끝이 아니었다.

"힘은 어떻습니까?"

"최상이죠. 아직 더 연구를 해 봐야겠지만, 이대로도 약하다고는 안 할걸요?"

단전에서 거대한 힘이 느껴진다.

힘만 느껴도 정신이 고양된다.

지금이라면 화염을 분산시켜서 크게 불을 낼 수도 있다고 느껴질 정도였다. 아주 강한 불을.

"그래도 더 나아가기는 하셔야 합니다. 아시죠?"

"물론 알고 있습니다. 그나저나……."

잠시 뜸을 들였다.

나 그리고 우리가 강해지는 것도 목표였지만, 아직 공격대원들에게도 말하지 않은 숨겨진 목표는 분명 있었다.

그렇기에 그에 대해서 확인을 해야 했다.

이건 허웅 놈도 모르는 일이기에 조심스레 주변을 살폈다.

쯔왑—쯔왑—

다들 이번 라바 스폰을 잡고 얻은 암석들을 정리하느라 분주해 보였다.

거기서 허웅 놈은.

"가루도 남기지 말라고!"

"알았어요, 형. 잔소리는 그만하라구요!"

"쳇. 이게 다 돈이라고 인마!"

아주 돈독 오른 아줌마처럼 요리조리 움직이며 닦달을

하고 있을 정도였다.

오죽하면 허웅을 형님 형님 하면서 따르는 한창수가 입을 삐죽이면서 잔소리를 하지 말라 할 정도겠나.

저 정도라면 정신이 없어 보일 정도다. 여기는 신경 쓰지 않을 듯했다.

안심을 하고 입을 열었다.

"그나저나 결정을 내렸습니까? 후보지라 할 만한 곳은 몇 보이긴 했는데요?"

"반쯤은요. 그래도 더 살펴보기는 해야 할 거 같습니다."

운이철의 표정도 덩달아 진지해져 있었다.

"시간이 많지는 않은데요? 여기서 너무 오래 끌어야 좋을 건 없을 테니까요."

"그도 그렇죠. 너무 오래 머물러야 꼬리가 잡힐 테니까요. 감시자는 분명 있습니다."

"예. 여기는 어디까지나 작은 부분 정도밖에 안 될 겁니다. 그래도 최대의 무기가 되겠죠."

"그렇게 만들어야 하지 않겠습니까?"

"그렇죠."

언제고 준비가 될 때를 기다리는 건 잊지 않는다.

운이철과 나를 건드렸던 자들. 각성체와 관련해서 아직

도 비밀을 가지고 움직이는 그자들과 마주했을 때를 위해서 준비하고 있을 뿐이었다.

여기서 날뛰는 것도 그 준비 중에 하나일 뿐이다.

"그래도 예상보다는 꽤 잘해 주고 계십니다. 많이요."

"그거 칭찬으로 듣죠. 자아, 우선은……."

툭툭—

주저앉아 포식했던 기분을 한껏 즐기던 걸, 멈추곤 몸을 일으켰다. 먼지를 툭툭 털고는 운이철의 어깨를 두드려줬다.

"레이드 마무리해야 하지 않겠습니까? 후후. 돌아가면 회식부터 할 거라고요."

"회식이요? 그거 오랜만이겠네요. 좋군요."

이 양반. 어째 회식이라는 말에 눈이 밝아진다?

화색이 도는 느낌?

이 양반 이미지대로라면 회식 같은 건 끼기는커녕 피하기만 할 거 같은 느낌인데!?

지난번에 술자리 가졌던 게 좋았던 건가. 어째 그의 표정이 예상과 다르다.

"회식 좋아했습니까?"

"설마요. 그냥 같이 하는 게 좋은 겁니다. 자자, 우선은 마무리하자고요."

"예."

어쩌면 이번 회식에서는 생각지도 못했던 운이철의 모습을 볼 수 있을 거 같은 느낌이다.

'신선하겠어.'

회사원이자 연구원으로서가 아니라 공격대원 중의 하나로서 꽤나 즐길 거 같달까?

그리 생각하며, 일으켰던 몸을 움직여 공격대원들에게로 이끌었다. 그리고 외쳤다.

"마무리하고 어서 가자고! 이제 집으로 돌아간다!"

길진 않지만 짧지도 않았던 여정을 마치고 돌아가게 되었다.

그리고 그곳에서는.

'또 해야 할 일이 많겠지.'

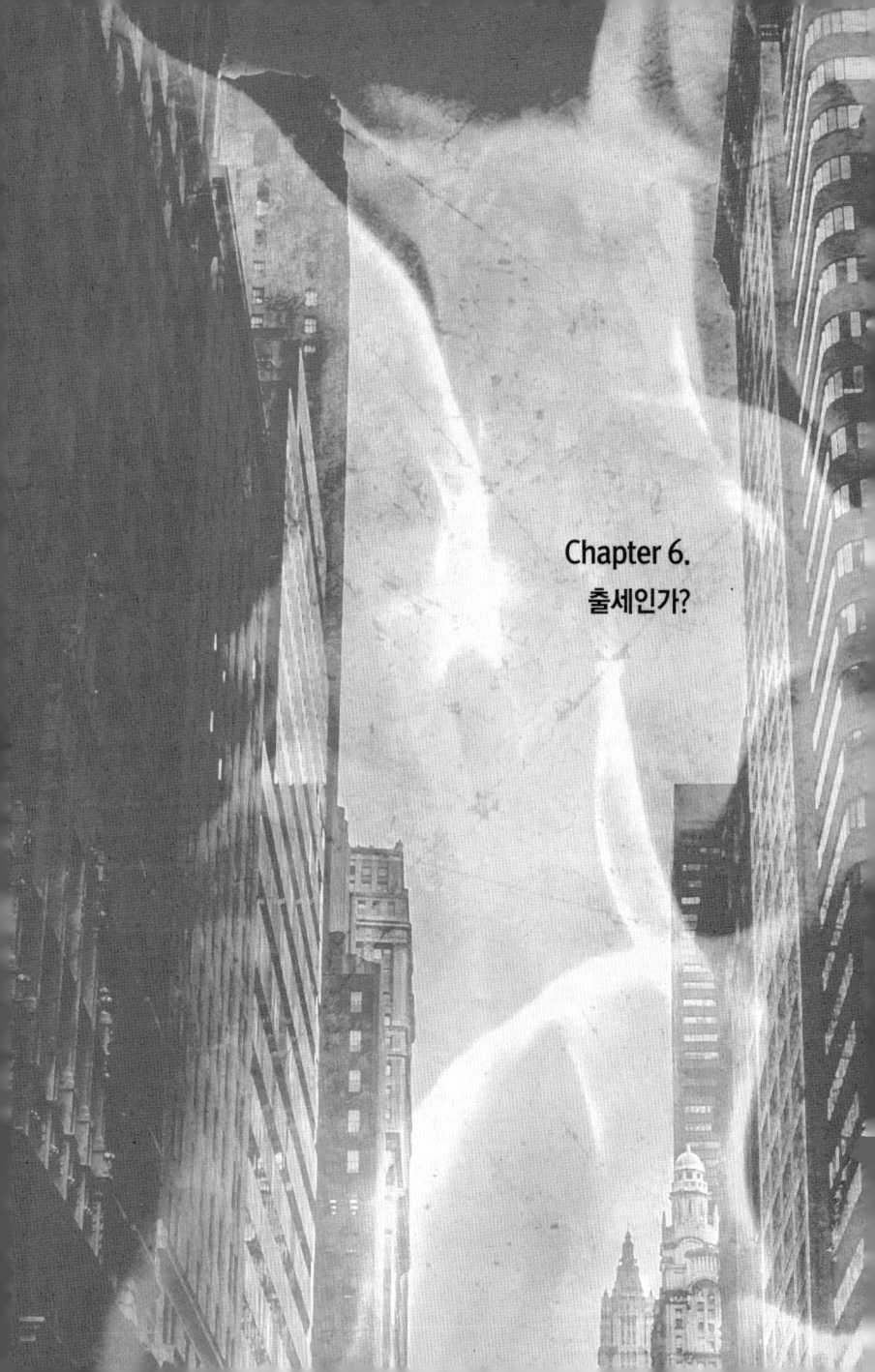

Chapter 6.
출세인가?

"와아……."

"여기는 정말 다르긴 하네요. 헌터 대기실이라고 따로 표시해 놓을 때 알아보긴 했지만요."

"그러게요."

안은 별천지였다.

'헌터 대기실'

이라고 쓰인 데를 자연스레 들어갔다.

나나 이서영 모두 따로 대기실을 내줬지만 우선은 같이 들어갔다. 상의를 해야 할 것도 있고, 왠지 처음 오는 곳이라 긴장도 됐으니까.

근데 들어 와서 보니.

'나 혼자 쓰라고 하기에는 너무 큰데?'

방송국 대기실이 크고 화려한 것들이 넘친다고는 들었는데, 여기는 그중에서도 가장 화려한 느낌이다.

아니지. 솔직히 내가 최고의 헌터는 아니지 않나.

그런 의미로 보자면 여기보다 더 좋은 대기실도 있긴 할 거다. 고로 여기가 최고 대기실은 아니란 거다.

'그런데도 이 정도라니……'

가장 비싼 것들만 모아놓은 느낌.

졸부 같은 느낌이 아니라, 디자인과 배치까지 신경 써서 만든 듯한 대기실이다.

거기다 왜 있는지는 몰라도 대기실에 침대까지 있다. 쉬라는 걸까나. 그 침대마저 최고급으로 보인다.

어지간히 좋은 걸 누리는 헌터들도 여기 오면 괜스레 긴장이 되지 않을까 싶다.

파손시키면 물어줘야 할 분위기니까.

근데 중요한 건 그게 아녔다. 중요한 건.

역시 침대하면.

'괜히 민망해진다니까.'

오래 전에 이서영 씨와 사냥터에서 보낸 '그날'들이 생각나는지라 민망해질 수밖에 없다.

어째 침대를 보니 곧 그날이 떠올랐다. 별일이 없었는데도!

괜스레 얼굴이 시뻘게지는 느낌이다.

"음…… 여기서 얼마나 기다려야 할까요?"

"좀 더 있어야 하겠죠?"

"휴우…… 일단 필요해서 하기는 하는데, 긴장되는 건 어쩔 수 없네요. 레이드보다 더요. 하핫."

그녀도 마찬가지인지, 잔뜩 소심한 모습을 하고 있었다.

위축된 모습. 처음 봤을 때와 같은 모습이다.

나도 긴장되기는 하지만 그녀의 이런 모습이 좋지 못한 건 알았다. 해서.

꽈악―

그녀의 손을 꽉 잡아줬다.

"아?"

"너무 긴장 마요. 그래도 가장 힘든 부분은 제가 한다고요?"

"……그럴 때는 생색내는 게 아니라, 힘내라고만 하면 돼요. 바보."

긴장하지 말라고. 내가 옆에 있으니까 이런 거 따위로 심력 소모 따위는 하지 말라는 듯이!

거기다 조금의 생색은 양념이다.

출세인가? 135

이래 봬도 방송 시작하면, 내가 주인공이라고? 가장 힘든 건 역시 내가 될 거란 말이지!?

그녀가 내 말을 듣자 그제서야 생긋 웃어 보인다.

"푸훗. 그래도 긴장은 좀 풀렸어요. 고마워요."

"그럼 됐네요. 자자, 슬슬 시간이……."

그 순간.

벌컥 문이 열린다.

호랑이도 제 말하면 온다고, 방송 스태프로 보이는 자가들이 닥쳤다.

피디 옆에 있었던 자인데, 정확한 직급은 모르겠다.

'사실 소개해 줬는데…… 까먹은 거지.'

원래 사람 기억하는 게 어려운 일이니 이런 건 넘어가자고.

저쪽도 내가 알아봐 주는 걸 따로 원하지는 않았는지, 자기 할 말만 했다.

"이서영 헌터님도 여기 계셨군요. 곧 준비가 끝납니다."

근데 어째 나와 이서영이 같이 있는 걸 보고는 '므훗' 한 표정을 짓는다. 어째 이상한 상상을 한 거 같은데!?

'해명해야 하나! 방송도 타고 그러는데 스캔들 나는 거 아냐? 아니 그건 상관없을 거 같기도…….'

괜히 내 머리가 복잡해지려는 그 순간.

"바로 가야 합니다!"

스태프가 재촉했다. 어서 가잔다.

잠시 인기 있는 남자의 기분을 잔뜩 만끽하고 있었는데, 재촉을 하다니!

하여간에 배려 없는 인간 같으니라고!

"……알겠습니다."

한 번 인상을 찡그려 주고서는 함께 출발을 했다.

* * *

몇 번 오지도 않았지만, 복잡하기만 한 길.

방송국에 들이닥칠 사생팬 같은 걸 막기 위해서 길을 꼬고 또 꼬기라도 한 듯했다.

그렇지 않고서야 사람이 쓰는 시설인데, 왜 이리도 복잡하게 만드는지 모르겠다.

그런 길들을 스태프의 안내를 받아서 이리저리 움직이고.

"우와……."

"연예인이네요. 처음 봐요."

몇 번 연예인이 스쳐 지나가는 걸 보고 나서야 겉으로 화려하게 꾸며져 있는 무대 같은 게 보인다.

아니, 무대라기보다는 세트라고 표현해 줘야 맞을까?

'생각보다 이건 별로네.'

이 부분에서는 좀 실망을 했다.

방송에 잡힐 부분은 화려하게 보이는데, 그에 반해서 방송에 나오지 않는 부분은 철저하게 별로였다.

나무도 삐죽 튀어나온 것도 보이고, 얼기설기 대충 만든 느낌이다.

하기야 세트 같은 건 대충 몇 번 쓰고 나면, 새로 짜기도 해야 한다고 하지 않나.

보아하니 딱 필요한 부분만 제대로 만든 듯했다.

"여기입니다. 여기 소파에 먼저 앉아계시구요. 오른편에는 김기환 헌터님이 앉으면 됩니다."

"아 예."

보통은 마이크도 따로 몸에 달고 그러지 않나.

티비에서는 그러던데. 하기는 요즘은 기술이 좋아져서 그러지 않아도 될지도?

"후아."

"흡…… 잘해 봐요, 우리."

마지막으로 심호흡을 내뱉는 순간.

촤아아아악—

드라이아이스를 쓴 건지 뭔지, 특수 효과와 조명이 쏟아진다.

동시에 열리는 문.

아직까지 얼굴도 비치지 않았던 메인 쇼의 엠씨가 모습을 드러낼 문에서 사람의 실루엣이 하나 보인다.

'여태 모습 한 번 비치지 않는단 말이지.'

여기까지 오면서도 쇼 한 번 미리 보지 않은 나도 웃기지만, 지금껏 인사도 안 했던 엠씨도 재밌는 건 마찬가지다.

그리 생각하며 들어서는 엠씨의 얼굴을 바라본 순간.

"어? 박현주?"

왠지 익숙하다 느꼈다.

저 여자. 리포터로 허경석의 방송에 나왔던 여자 아닌가?

그때는 현장에서 뛰는 리포터였는데 언제 엠씨까지 왔데?

이 프로가 시청률 최고 방송은 아니어도, 어느 정도 자리는 잡은 방송이라고 했는데!?

그 사이 출세한 건가.

'내가 하급에서 여기까지 오는 동안에, 저 여자도 출세한 건가?'

방송가가 원래 이렇게 쉽게 뜨고는 했나.

벼락 스타도 쉽게 나오고는 하지만, 리포터에서 갑자기

엠씨까지 가는 건 힘들지 않나.

거기다 뭔가 달라졌다.

전에는 하얗기만 한 피부였다면, 지금은 광채가 난다. 돈을 확 들인 티가 났다.

거기다 미묘하지만 더 이뻐진 느낌인 것이, 방송가에서만 한다는 방송 마사지인가 뭔가를 한 게 아닌가 싶다! 아니면 시술!?

잠깐 사이에 참 다이나믹하게 변한 거 같았다.

'뭔가 있군…….'

내가 생각지 못한 어떤 수단으로 올라온 게 분명하다.

그 증거인지, 또각또각 소리를 내면서 다가오는 발걸음에는 자신감이 넘쳤다.

최상의 코디를 한 건지, 곱게 입은 원피스에 드러나는 몸매도……

"윽……."

갑자기 등에서 타격이 느껴진다. 이거 그냥 타격이 아닌데. 뭉툭하지만, 이건 분명.

"왜, 왜요?"

이능력이었다.

어느샌가 뭉툭한 모양으로 이능력을 형상화한 이서영이 나의 등을 콕하고, 아니 푸욱하고 찔렀다.

"한눈팔고 그러면 못 써요."

"……안 팝니다. 제가 안 그래도 어, 한서은 씨가……웃."

이건 말하면 안 됐나.

여기서 한서은 이야기를 꺼낸 게 패착이었단 말인가!

다시금 푹하고 찔러 오는데 이거 타격이 장난 아니다. 내가 아니라 보통의 딜러였더라면.

"……죽는다고요. 저."

"홍. 설마요. 한눈팔고 그러는 사람은 안 죽더라구요?"

"그게 무슨……."

순간적으로 만들어진 만담에 그녀와 내가 옥신각신하는 동안 엠씨가 끼어든다.

"어머, 안녕하세요! 박현주라고 해요!"

"……안녕하세요. 김기환이라고 합니다."

등의 욱신거림을 참으며, 그녀의 인사에 답했다.

내가 인사를 하기 위해 고개를 돌리는 마지막 순간까지도 이서영은 나에게 눈빛으로 신호를 보냈다.

'잘해요. 한눈팔지 말고.'

라고.

그녀가 말로 하지도 않았는데도 아주 제대로 전해진 느낌이다.

사람이 말로 하지 않아도, 그 뜻이 통할 때가 있다던데. 그걸 지금 느낄 줄은 몰랐다.

"시작할까요."

"네. 네."

나와 그녀가 만담을 하든 말든 엠씨를 맡은 박현주는 프로답게 일을 시작했다.

허경석 그놈과 인터뷰를 할 때도 프로 정신이 엿보이기는 했었는데, 그게 여기서도 발휘가 되는 듯했다.

'일 하나는 잘해.'

생각은 더 이어질 수 없었다.

화려하게 켜지는 조명. 그와 함께 빛이 들어오는 카메라. 순간 긴장해서 움직이는 스태프들.

모두가 방송이 시작되는 신호가 됐다.

그리고 시작의 가장 큰 신호탄은 역시. 엠씨.

"안녕하세요! 박현주입니다! 오늘은 새로이 떠오르는 헌터이자, 새로 이름을 올릴 공격대의 대장이신 김기환 씨를 모셨는데요."

화려한 옷, 표정, 웃음으로 시작된 그녀의 모습은 방송의 시작을 알리기에는 부족함 하나 없었다.

이런저런 내용들이 오고 간다.

시작은 어떻게 여기까지 왔는지에 대해서였다.

곱게 포장해서, 열심히 노력해서 올라왔다 말했다.

그쪽도 자세히는 물어 볼 생각도 없어 보였다. 궁금해하지도 않았다. 단지 시늉만 할 뿐.

이어지는 것들도 마찬가지.

좋은 공격대에 들어가는 방법도 있는데 왜 굳이 어렵게 공격대를 만든 건지, 길드까지도 갈 생각인지 등등.

헌터가 오면 으레 하는 그런 질문들이 쏟아졌다.

'의외로 지루하네.'

방송에서는 편집이 돼서 재밌게 나올지 모르겠지만, 수없이 쏟아지는 질문은 신박한 것도 재밌는 것도 없었다.

박현주 쪽도 웃고는 있지만, 어디까지나 프로 정신으로 웃을 뿐.

진심으로 궁금해서 묻는 것처럼은 보이지 않았다.

엠씨를 맡은 그녀나 나나 이 프로에서 중요한 건 이게 아님을 알기 때문이다.

지금까지 하는 질문이야 시간 때우기와 시청자들의 시선을 모으기 위함이라고 이미 피디한테 들었다.

중요한 건, 프로 안의 작은 코너였다.

'그 코너 덕분에…… 이 프로그램이 단기간에 자리 잡았다던가.'

시청자나 우리나, 다들 주목하는 건 그 코너가 언제 시작되는지일 것이다.

그때까지는 대충대충 대답을 하고 지나가는 시간이 될 수밖에 없다.

'지루하군.'

차라리 내가 이런 곳에 온 이유를 되새기는 것이 더 나아 보였다.

이미 레이드도 끝마친 지 오래인데도 여기에 와야만 했던 이유.

차라리 그게 더 꽤 궁금하고 흥미로운 이야기가 될 느낌이다.

다 이유가 있어서다.

그 이유들 하나, 하나가 머리에서 떠오른다.

방송 이야기보다는 차라리 나은 그런 이야기들이……

'그러니까 그 시작이 언제였더라.'

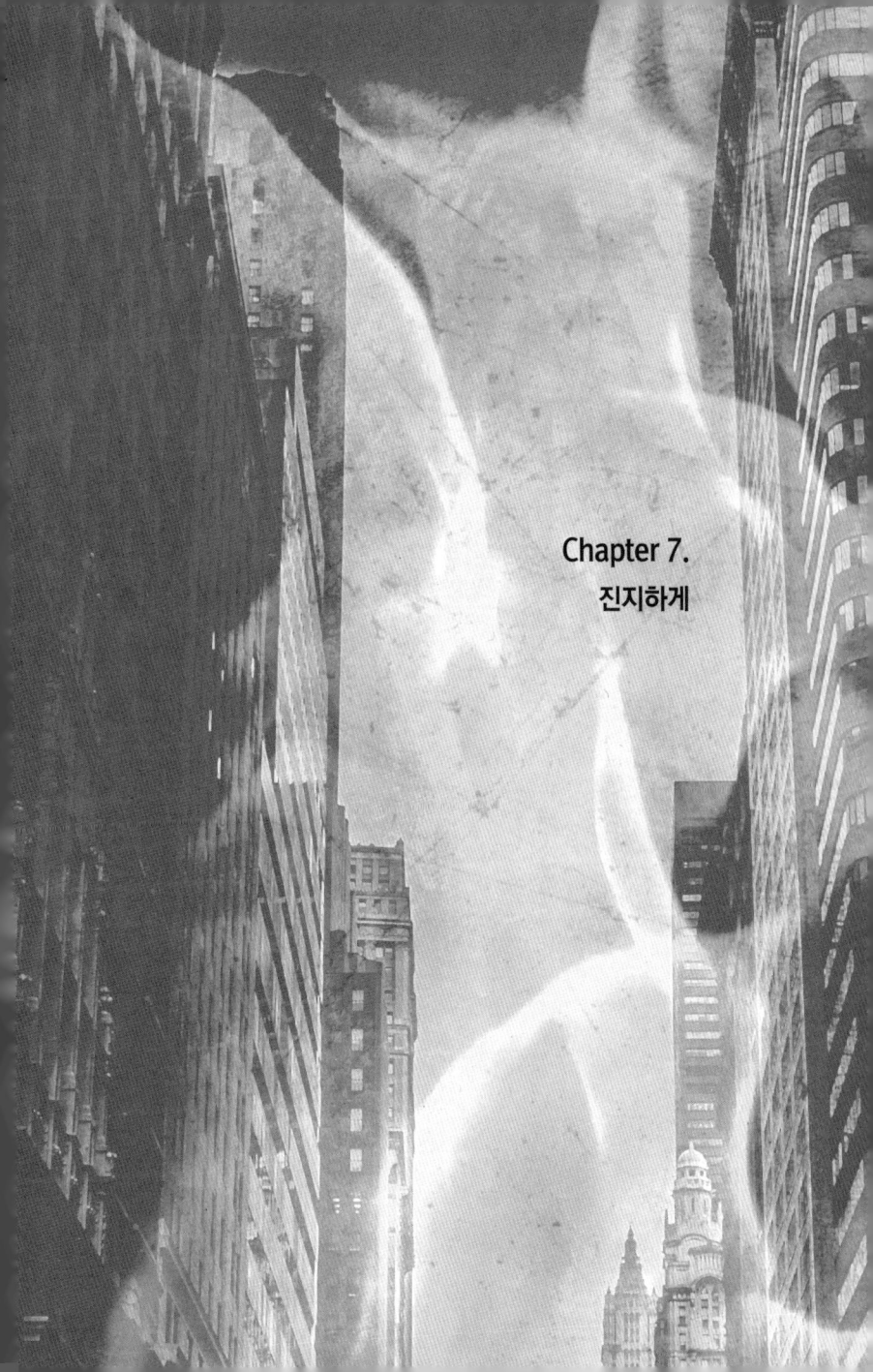

Chapter 7.
진지하게

레이드가 끝난 지 얼마 안 됐을 그 때.

운이철은 생각 이상으로 잘 놀았다.

진에는 이러시 않더니, 자신을 감싸고 있던 어떤 한 꺼풀을 벗겨낸 느낌이다.

"먹고 죽읍시다! 이게 바로 회식의 꽃, 고진감래주입니다!"

"우와아아!"

"먹고 죽어!"

먹고 죽자는 느낌. 오늘이 아니면 놀 때는 또 없다는 듯한 저 몸짓. 아니 몸부림. 대단했다.

'중세 시대 용병 같네······.'

운이철에게 듣기로 중세 시대의 용병들은 미친 듯 벌면, 미친 듯 놀았다나.

당장 오늘이 인생의 전부인 것처럼 살았다더라.

의뢰를 하다 언제 죽을지도 모르는 데다, 용병 일이라고 하는 것이 스트레스를 많이 받는 일이니까 그럴 수밖에 없다나?

헌터들 중에서도 비슷한 경우가 많긴 했다.

당장 오늘 사냥해서 돈 벌고 호의호식하다가도 내일 죽을 수 있는 게 헌터 아닌가.

그렇다 보니 용병이랑 비슷하게 미친 듯 노는 거지.

덤으로 미친놈도 많다.

당장 내일 죽을 수도 있다 생각하니, 성질 죽이고 살기는 커녕 미쳐서 사는 거지.

그렇게 미치지 않는 경우에는 능력 되면 거대 길드나 탄탄한 공격대로 들어가는 거다.

그러면 살 확률이 올라가니까.

그쪽으로 막 몰리는 거다. 대기업 취업 경쟁률과 같다. 이능력자들도 적은데, 100대 1, 300대 2 그냥 올라간다.

거대 길드 공고가 한 번 뜰 때 실검 순위에 나올 정도라면 믿기는가.

거대 길드에서 괜히 헌터를 따로 키우지 않는 게 아니다.

유망주 몇몇 빼고는 스카웃 같은 거 할 필요도 없이 알아서 실력자들이 몰려드니까 그러는 거다.

애써 키울 필요가 없으니까.

우리야 그런 쪽이 아니고, 하나씩 처음부터 시작을 해야 하는 거니까 괜찮은 싹수 가진 애들 키워서 열심히 하는 거고.

'웃기는 노릇이야.'

사실 거대 길드나, 자본을 가진 자들이 체계적으로 헌터들을 키우면 지금보다는 좀 더 나은 상황이 될 텐데.

누군가는 몬스터로부터 위협을 받지만, 또 다른 누군가는 이득을 얻으니 지금 상태를 유지하는 걸 거다.

그 외에 다른 이유?

있을 리 없다 생각한다. 거창하게 없는 이유나 가져다 붙일 뿐이다.

하기는 나란 놈이 그런 사람 욕해서 뭣하겠는가.

나도 내 옆의 몇몇이나 겨우 챙겨줄 뿐.

아직은 경기 서부에서 보았던 그 땟국물 묻은 어린아이를 구하겠다던 일도 이루지 못하고 있었다.

다만 전보다는.

'가까워졌지.'

멀지 않았다는 느낌이다.

전에는 내가 그 넓은 곳을 바꿀 수 있다는 게 허황된 생각 같았더라면, 지금은 이대로만 가면 조금이나마 실현 가능성이 있겠다는 생각이 든다.

이 세상 모든 불쌍한 자를 구원할 수는 없겠으나, 조금은 줄일 수 있을 느낌이랄까.

나 혼자라면 안 되겠지만, 저들. 오늘 놀고 죽자는 저들만 있으면, 전보다는 더 쉽게 이룰 수 있을 듯했다.

물론 지금 보기엔 당장 먹고 마셔 죽으려는 게 눈에 보여서, 믿음이 전혀 안 가지만!

한참 멍하니 공격대원들을 바라보고 있으려니,

"흐흐. 뭐하냐. 너. 왜 너만 진지해?"

"시꺼, 인마."

"같이 놀아요, 공대장님도! 오늘 같은 날 놀아야죠!"

허웅을 필두로 해서, 공격대원들이 나를 찾는다.

애써 진지해져 있는 내가 마음에 안 드는 걸까? 잔뜩 장난기가 어려 있는 표정들이다.

놀리려는 건가?

내가 술을 안 마시고 내빼니까 잔뜩 먹이려는 느낌? 딱 그런 표정인데?

당할 수는 없지!

최상급에 다가가고 있는 딜러의 육체가 얼마나 대단한지

증명 한번 해줘야 하지 않겠어?

"자아, 한번 다들 먹고 마셔 죽어보자고!"

"오오오!"

이쁜 시끼들. 다 쓰러트려 주마.

* * *

술이 들어간다. 쭉쭉. 쭉쭉쭉.

목이 쉴 때까지 아는 음주가무 노래는 다 부를 것 같은 기세다.

오늘 이 가게를 아예 전세 내놓고 마시는 거라 방해받을 일도 없었다.

의외로 술이 약한 허웅을 필두로 해서 하나둘씩 보냈다.

"마셔라! 마셔!"

같이 먹고. 또 먹고.

쿠웅. 쿵.

끊임없이 술잔을 연속으로 들이켜는 것으로 픽픽 쓰러져 갔다.

머리를 처박고 쓰러지는 건 예사고, 필름이 끊어진 듯 보이는 자도 꽤 있었다.

"야야, 얘 숙소로 보내."

"예!"

그나마 술을 안 마신 대원들이 뒷정리를 맡아주고.

대다수가 자리를 빠져나간 그 시간까지도 의외의 인물 하나는 남았다.

마지막까지 남은 건 이서영이 될 줄 알았는데. 반전이다.

나야 강화된 육체에 이능력이 있다지만 이쪽은?

"와나. 어떻게 버티는 겁니까?"

"버프입니다."

"무슨 버프를 술 깨는 데 쓴답니까."

"기환 씨도 그러지 않았습니까? 그러니 주변이 이러죠."

운이철이 고개를 돌리며 주변을 휙휙 돌아본다.

그의 말대로 주변에 있는 공격대원들은 죄다 취해 있었다. 말 그대로 인사불성.

"으으……."

"욱!"

대원 중 하나는 헛구역질까지 할 정도였다.

버티고 있는 자가 없다. 당장 내가 잠시 사라져도 모를 만큼 다들 정신이 없다.

그래도 내가 이렇게까지 버틴 건.

'다 이유가 있어서지.'

이왕 하는 레이드 마무리 축하 회식을 즐겁게 보내고 싶었던 게 첫째 이유다.

나도 좀 즐기고 싶었으니까. 본격적인 걸음을 떼기 이전에 이런 시간이라도 가져 보려 하는 건 욕심도 아니잖나.

그리고 둘째는.

"설마 눈치챈 겁니까?"

"제가 계획을 짰지 않습니까? 슬슬 일정이 다가왔다 생각했지요."

"……젠장. 혼자 좀 해보려고 했더니."

"후후, 왜 부담감을 느끼십니까. 어차피 저는 기환 씨의 수하나 다름없는데요?"

"알죠. 하지만……."

나 혼자 해보려고 했다. 운이철의 도움 없이 한번 해봐서 증명해 보이고 싶었다. 나도 해낼 수 있다고.

"거 나도 이만큼 할 수 있습니다!"

라고 하고 싶었달까.

찌질해 보일 수 있지만 사실이 그렇다.

대단한 운이철한테도 내가 뭔가 해내는 걸 보여주고 싶었다.

지금 내가 있는 이곳이 영화 안이었더라면 운이철은 주인공, 나는 잘해야 주인공 친구 정도?

아니 솔직히 엑스트라 정도라 생각한다.

진지하게 153

공부 잘하지, 이능력 얻으면 바로 쓸 줄 알지. 다른 이들의 성장도 도와줄 줄 알고, 전략조차 잘 짠다.

그게 운이철이다.

그에 비해 나?

아등바등해서 여기까지 왔다.

여기까지 온 걸 부끄러워 한 적도, 부끄러워 할 이유도 없긴 하지만 운이철처럼 극적으로 뭔가를 해내지는 못한다.

되려 이 대단한 이능력을 갖고, 각성까지 했는데도 느린 편.

다른 이들이 보면 미쳤다고 할 소리지만, 나는 내 힘의 성장이 느리다 생각한다. 아주 확실하게.

그러니 이번 일만큼은 나 홀로 해내려 했었다.

운이철이 있으면 도움이 되는 걸 알지만, 나 혼자 해낼 수 있다는 걸 보이고 싶었다.

'나는 리더니까.'

나도 해낼 수 있는 것. 그걸 보여줘야만 한다 생각했다.

그런데 그는 그리 생각하지 않는 듯했다.

"저를 부담스러워 하지 않으셨으면 합니다. 어찌 됐든 저는 계속해서 같이 갈 거니까요. 기환 씨의 아래에서요."

"운이철 씨의 마음은 압니다. 그래도 보는 눈이란 게 있지 않습니까?"

허웅, 마동수, 이서영 그런 자들은 괜찮다. 나머지도, 아직은 괜찮다 싶다.

하지만 앞으로 사람이 많아진다면 그때는?

모른다. 리더인 나보다 운이철에게로 시선이 쏠릴 수도 있는 일이다.

찌질해 보일지 모르지만 사람 일이란 게 그렇지 않나.

지도력을 보이기 위해서는 때로 슈퍼맨처럼 뭔가 해내는 걸 보일 필요도 있다 느꼈을 뿐이다.

그러기 위해서 이번 일을 홀로 해내려 했을 뿐이다.

그런데도 운이철은 나에게서 의외의 모습을 보기라도 한 듯 웃어 보일 뿐이었다.

"후후. 가끔 보면 기환 씨는 자기 역량을 모르는 거 같습니다?"

"역량은 무슨. 아등바등하는 거죠."

"여전히 바보 같은 모습도 있고요."

"나 바보 맞수다."

내 말에도 그는 자기 할 말만을 했다.

"어쩌면 기환 씨가, 아니 대장이 한 발짝 더 성큼 나가는 건 자기 자신에 대해서 깨달았을 때일지도 모르겠습니다."

"깨닫기는요. 그런 게 어딨다고."

진지하게 155

"아뇨. 이제는 슬슬 그럴 때가 왔습니다. 보통 사람. 보통의 존재가, 여기까지 올 수 있을지 없을지를 생각해 봐야죠."

"아등바등한 건데요?"

"사실 지금 수준도 아등바등한다고만 해서 되는 게 아닙니다? 노력한다고 다 되면 누구나 노력을 했겠죠. 꾸준히."

"……그렇게 거창하게 말할 거 있습니까?"

"있지요. 당신은 제가 언제나 말하듯 가장 높은 곳에 있어야 할 자니까요."

"……."

그는 대체 나로부터 뭘 본 걸까.

이 양반은 가끔 나를 너무 높이 보는 경향이 있는 거 같다.

이런 찌질함을 보이기만 하는 나인데도, 운이철이 나를 보는 눈빛은 언제나 진지하다.

그가 사라지기 전 작성했던 USB의 파일에서도, 그의 계획 안에서의 나는 언제나 거창했다.

항상 대단한 이로 그려진다.

나란 놈이 뭐라고.

알 수가 없는 노릇이다.

그래도 욕심이 있고, 각오를 다졌기에 나아갈 뿐.

오늘 내가 여기 있는 두 번째 이유. 선약도 다 그러한 거였다. 해내는 걸 보여주고 싶었는데.

"가야죠? 슬슬 약속 시간 되셨을 텐데. 날 밝아옵니다."

"젠장……."

"기환 씨는 저를 이용하면 되는 겁니다. 꿈을 향해서 가는데, 저만 한 사람도 없잖습니까?"

"하여간에 운이철씨도 말은 번지르르하다니까요. 갑시다, 가."

어쩌랴. 이 정도 왔는데 방법도 없다.

"뭐 까짓것 오늘 일은 협상이기도 하니까, 도움은 되겠네요."

"푸후. 역시 그렇죠?"

"에이. 예이."

같이 가야 할 듯했다.

팟—하고 멋지게 협상도 해내고 그런 걸 보여주고 싶었는데 아무래도 무리였던 것 같다.

'뭐 있으면 도움은 되겠지.'

하기는 지금부터 상대하려는 이는, 평소라면 몰라도 거래를 할 때는 함부로 할 수 없는 이다.

이왕 가는 거, 나보다는 거래를 할 줄 아는 운이철이 나을 거다. 아무래도?

멋지게 하는 거야 다음으로 미루면 되지 않겠나. 그리 생각하면서, 걸음을 옮겼다.

주점을 나서고, 그리 멀지 않은 곳. 약속 장소로 운이철과 함께 향한다.

"묘하게 분위기는 좋네요."

밤과 새벽의 경계.

그 어스름함이 잔뜩 내려앉은 가운데에, 마지막까지도 자기 할 일을 위해 온몸으로 빛을 뿌리는 가로등의 빛이 더해지면.

그 광경은 도시 안에 작은 운치라는 걸 더해 주기에 충분함이 있었다.

자연도 좋지만, 인간들이 하나씩 만들어 낸 인공적인 미학이라고 하는 건 또 다른 의미의 경이를 가져다준달까.

도시 안의 희로애락과는 다르게 자연과 다른 인공미도 분명 볼 만할 뭔가라고 생각한다.

'너무 감상적일지도?'

그렇기에 한참을 멍하니 걸음을 걸으며 앞으로 나가던 찰나.

발걸음이 끊임없이 이어지고 약속 장소로 점차 가까워져 갈 때. 분명 느꼈다.

"하여간에 조용히 되는 법이 없네요?"

"……확실히 그렇군요."
그때였다.
콰앙—!!
소음이 인다. 도시 안에 있을 소음이 아니라, 사냥터에나 있을 소음들이었다.
이젠 본능적으로 안다. 저건 전투음이다.
"가죠!"
생각지 못한 이변이 생겼다. 달려야 했다.

* * *

하여간에 이 인간은 조용히 지내는 법이 없다.
이번에 볼 양반?
정우혁이다.
알 만하지 않나. 약속을 잡자고 했더니 이 새벽에 보자고 한 것도 그. 참 비밀스러운 양반이다.
언제나 느끼지만 아직 나이도 어린 주제에 살기는 참 복잡하게 산다.
'어린애한테 양반이라고 하는 게 좋은 건 아닌 건가. 뭐 그건 넘어가고.'
일단 중요한 건 저 폭음.

건물 하나를 사이에 두고 있는데 폭음이 인다. 그리고 그 바깥에는.

"저기 막아!"

"통제해!"

척 봐도 정의롭지는 못한 분들이 우리를 기다리고 있었다.

정확히는 아무도 이쪽으로 오지 못하도록 하려고 한 거 같다.

'과격하네?'

민간인들이야 상황이 이상하니 알아서 숨거나 피할 거 같다고 넘어간다 치고.

우선 우리가 달려들고 보니까 막겠다 이건가.

그래도 혹시나 민간인이면 어쩌려고?

참 속도 편한 놈들이다. 아니면 몰상식한 놈들이거나.

"바로 가!"

타앗!

먼저 선공을 날리는 쪽은 놈들이었다.

하나는 한쪽에만 날이 달려 있는 거대한 낫을 들었고, 다른 하나는 전신 갑옷을 입었다. 중세시대의 갑옷 같은 거.

뻔히 눈에 보였다.

'둘 다 딜러네.'

움직임이 빨랐다. 어지간한 탱커들은 낼 수도 없는 속도였다.

 속성은 둘 모두 바람. 특이하게도 바람만을 쓰는 놈들 둘이 앞을 지키고 있었다.

 하기는 소식을 전하거나, 경비를 서는 데는 바람이 제격이다. 뭣하면 불리할 때 도망가기도 편하겠지.

 운이철이 예리하게 두 놈을 본다.

 "제가 오른쪽 맡죠."

 "되겠습니까?"

 "지켜보시죠!"

 재빠르게 역할 분담!

 지들을 두고 역할을 분담하는 게 마음에 안 들었던지, 더 속도를 내서 달려온다.

 쒜에에엑—

 '어쭈?'

 낫에 바람이 실려 있는 게 예사롭지 않다.

 날이 달린 봉은 기다란데, 어째 낫의 날은 작다 싶었더니 이능력으로 작은 날을 보충해 쓰는 듯했다.

 날에 바람이 얽혀서 휘휘 도는 게 이능력 특유의 빛 덕분에 보인다.

　— 쒜엑— 쒝.

 낫을 발정 난 듯 미친 듯 휘두른다. 그러자,

"죽엇!"

"미친 새끼!"

바람이 날이 되어 내게 날아든다. 꽤 여러 방위에서 날아오는 공격은 위력적일 수밖에 없었다.

하지만.

'너무 직선적이라고.'

이딴 공격에 쓰러질 만큼 내 경험이 얕지는 않았다.

정면은 머리를 흘끗 돌리는 것으로 가볍게 피하고, 오른쪽과 왼쪽 양옆에서 오는 건.

파앙! 팡!

불단검을 날려 같이 폭발을 시킨다.

보통은 바람에 불이 붙겠지만, 압도적인 화력 앞에서는 결국 폭발의 힘과 함께 바람도 가로막힐 수밖에 없었다.

'역시 불단검이 익숙해.'

불로 된 구체를 만드는 게 효율적일지 모르겠지만, 불단검은 역시 익숙함에 자주 사용하게 된다. 편한 마트보다 집앞 슈퍼 이용하는 그런 느낌.

중요한 건 그게 아니겠지?

'바로 간다.'

그사이.

놈이 힘을 사용하고 잠시 딜레이가 걸리는 그때. 나는 속도를 더 높인다.

"헛……."

놈과 나의 거리는 일 미터도 채 안 되게 됐다. 안 그래도 자신의 공격이 막히고 놀란 눈을 하던 놈의 눈이 더 커진다.

'붕어상이로군.'

가까워지니 새벽의 어스름함에 가려져 있던 외모가 더 잘 보인다.

눈이 큰 것이 평소 순둥순둥하다는 소리를 많이 들었을 거 같은 인상이다.

문제는 순박해 보이는 외모와 다르게 무지막지하게 사람을 공격해대는 짓을 한다는 거?

내가 민간인이었으면 어쩌려고 이런 짓을 벌이는 거지!

아주 제대로 혼이 날 필요가 있었다.

'겸사겸사 새 기술도 시험해 보는 거지!'

타앙—!

가까워지자, 반사적으로 휘두르는 놈의 낫을 쳐낸다. 굳이 날에 내 검날을 부딪쳐줄 필요도 없었다. 단지 놈의 낫을 지탱하고 있는 봉을 베어버리는 걸로도 충분했다.

"아뜨뜨……."

열기가 전해졌는지 놈이 움츠러드는 그때.

'잡았다!'

꽉하고 놈의 팔을 잡아 재꼈다.

그 사이 내 취향이 이상해진 건 아니다. 남자를 좋아하는 취미는 전에도 앞으로도 없을 거다.

다만.

화아아악—

'흡수.'

포식자로서의 내 능력을 사용할 뿐!

전에는 직접적인 열과 불의 형태. 잘해야 불의 속성을 내포한 레드 스톤 따위만 흡수가 됐다.

하지만 지금은.

'가까워지면 소량의 열기도 흡수가 가능해.'

느끼고 흡수를 할 수 있다.

열기라고 하는 건 사람의 체온도 마찬가지 아닌가.

사람의 열기를 흡수를 한다고 해서 이제 와 단전에 꽉꽉 차 있는 불빨의 티끌도 되지 못하겠지만!

"하아아악!"

충분히 공격기는 됐다!

놈의 온몸에 닭살이 올라오기 시작한다. 근육은 수축이 되기 시작하고 덜덜 떤다.

피부가 창백해진다. 입술은 금방 청색을 피어 올리기 시작한다.

"훗……."

고통에 겨워 기면 상태는 안 오지만, 순식간에 정신이 회까닥 도는 게 보인다.

모든 열기가 아니라 일부만 흡수했는데도 순식간에 일어난 변화였다!

'여기서 더 나아가서.'

이제는 심장박동과 호흡이 느려진 게 느껴진다. 근육이 떨리기는커녕 아예 굳어버리기 시작한다. 곧 혼수상태에 빠질 듯한 모습을 보인다.

내게 한 번 잡혔을 뿐인데도, 순식간에 엄동설한에 맨몸으로 던져진 사람처럼 변해버린다.

"흐……흐으…… 사…… 살려……."

그나마 딜러여서 더 버티는 거다. 일반인이라면.

'죽겠지.'

여기서 조금만 더 나가면 심정지 정도는 일도 아니니까.

"그러니까 함부로 힘써대면 골로 가는 거야."

"……켁."

조금 더 흡수. 그것만으로도 아예 정신을 잃어버린다.

어느새 옆에 인기척이 또 느껴진다.

설마 운이철이 졌나 하고 보니, 인기척을 낸 쪽은 운이철이었다.

되려 운이철이 상대하던 쪽은 어떻게 당한 건지 몰라도 꽤 처참하게 팔다리가 부러져 있었다.

'과격하네.'

나도 순식간에 상대를 해 냈는데, 운이철도 순식간에 적을 상대해 내는 데 성공한 거다.

대체 무슨 방법을 쓰는지 몰라도 이 양반도 괴물이다.

온몸에 빛이 떠도는 걸로 보아하니, 적재적소에 자기 몸에 버프를 걸어가면서 적을 상대한 게 분명하다.

치밀하니 계산해서 적을 순간 압살했겠지.

사람 상대로는 처음인데 대단하다.

거의 처음으로 사람한테 손을 쓰는 거니 나라면 벌벌 떨기라도 할 텐데, 운이철의 표정은 평온해 보였다.

할 일 하고 왔다는 태도였다.

되려 궁금증을 풀려 물어 왔을 정도다.

"그거 저체온증을 유도한 겁니까?"

"바로 알아보네요?"

운이철이 바로 맞췄다.

이건 모두 저체온증의 증상.

모순적이게도 놈은 내게 열기를 뺏김으로써 저체온증에 걸린 거다.

'꼭 사람 태워 죽일 필요는 없으니까.'

내 나름대로 창의적으로 생각해낸 방법이다.

무지막지한 폭발이나, 불채찍이 아닌 새로운 방법이었다. 한 마디로 깔끔한 제압기!

내가 고개를 끄덕이자, 잔뜩 놀란 표정을 짓는다!

"증상이 그렇잖습니까. 기환 씨도 이런 창의적인 방법을 생각하실 줄이야?"

"그거 놀리는 겁니까!"

"설마요!"

하. 이 양반 아니라고는 하지만, 평소 나를 어찌 생각하는 건지 알 만도 하다.

'이 양반 이거…… 내가 여러모로 기술 연구하고 있다는 거 알면 어찌 빈옹히러나.'

나름 발전을 하고 있는데!

"아니 내가……."

그걸 좀 설명하려는 찰나.

퍼어엉―!

다시금 폭음이 또 이어진다. 여기는 상황 종료가 됐다 해도 안은 더 난장판인 게 분명했다.

다시 진지해질 수밖에.

"기환 씨! 부숴요!"

"알겠수다!"

검을 뽑아들 필요도 없었다.

'힘만 잘 사용하면 녹일 수도 있겠지만.'

역시 그건 오버겠지? 힘은 역시 적재적소에 쓰는 게 좋다.

'골랐다.'

공격할 방법을 생각해 냈다.

왼손에 불을 모은다. 작은 구체. 불로만 이뤄진 구체를 만들어 낸다. 집중된 힘이다.

"파편은 알아서 피하라고요."

"얼마든지!"

동시에 내 온몸에 불을 피우며, 왼손에 있는 구체를 던지듯 벽에 날렸다.

콰아아아아아앙!

아까보다도 더 큰 폭음이 일어난다. 순식간에 건물 한편이 무너져 내린다. 먼지가 일었다.

"번거롭긴."

불의 막을 순간 생성, 먼지가 이는 곳을 향해 던진다.

풍압으로 인한 것인지 전부 태워진 것인지 원인은 알 수 없지만, 순식간에 먼지가 가라앉는 게 느껴진다.

우리가 지나가기에는 충분한 구멍. 그 구멍 뒤로 놀란 채

우리를 바라보는 몇몇의 눈동자가 보인다.

'척 봐도 정상인 새끼들은 아니네.'

어디서 저런 장신구를 구하는 걸까.

귀에는 이미 여러 개, 눈에도 코에도 입술에도 피어싱을 잔뜩 해댄 놈이 가장 먼저 눈에 띈다.

더불어 한 덩치를 하고 있는데, 맞는 옷은 없는지 웃옷은 입지도 않고 잔뜩 거대한 배를 드러낸 놈까지.

'배꼽이 차밍 포인트인가.'

하여간 어디 22세기 정도는 돼야 소화가 가능할 듯한 패션이라니. 미친놈들이지 않은가.

그런 미친놈 사이에서 잔뜩 숨을 헉헉대고 내쉬면서, 정우혁은 자기 호위 무사에게 잔뜩 기대 있었다.

알잖은가. 우혁의 호위무사는 여자인 거. 거기다 엄청 아리따운 호위무사시다. 그런 호위무사에 기대고 있다니.

'부럽…… 아니, 상황이 안 좋은 거겠지!'

저놈 또 잔뜩 힘을 쓰고 지친 게 틀림없다.

주변에 널린 시체 몇만 봐도 머리가 몇 사라져 있었다.

안 봐도 훤히 알 만했다. 정우혁이 힘을 쓴 흔적이다.

뒤늦게서야 우리를 발견했는지 우혁이 소리친다.

"형님!"

"미친. 뭐하고 있는 거냐."

"흐…… 힘이……."

"……나랑 다른 의미로 고자 같은 놈. 뭐 그리 힘을 못 써."

"다 사정이……."

만담 아닌 만담을 벌이면서도, 주의를 흩트린다. 동시에 슬쩍슬쩍 몸을 움직였다.

나, 적들, 정우혁. 이런 순으로 있기에 조금이나마 거리를 좁혀두려 한 거다.

이 망할 대치 상태에서는 우선 자리를 잘 잡는 게 중요했으니까.

"어이. 어이. 그러면 안 되지?"

그런데 어째 서 뒤편에서 익숙한 목소리가 들려온다.

"이 미친?"

"오랜만이네?"

방긋방긋 웃는 아주 미친 새끼가 보인다.

몬스터 웨이브. 그때 몇 번 마주하고 나서는 인연이 없을 거라 여겼던 놈이 얼굴을 들이밀고 있었다.

생각지도 못한 곳에서.

"대체 네가 왜?"

Chapter 8.
언제나 같은 실수를 반복하지

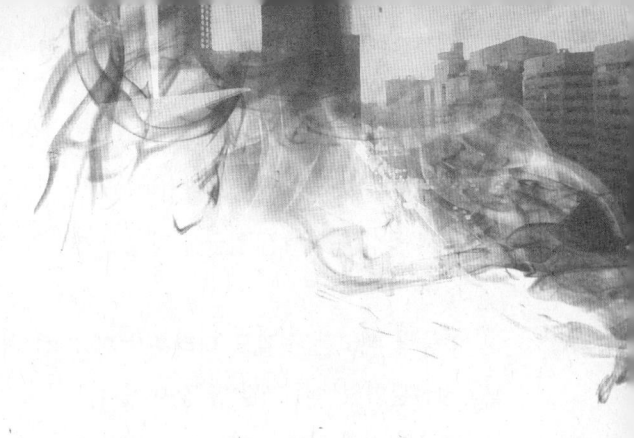

"노현진!?"

"오! 기억하는 거냐. 새끼, 잊은 줄 알았다?"

양아치 같은 새끼. 껄렁껄렁한 말투로 같잖게 나를 도발하려 한다.

몬스터 웨이브 때도 하급이니 뭐니 말이 많던 놈이, 여기까지 와서도 이럴 줄은 몰랐다.

'이런 식으로 마주할 줄도 몰랐지.'

그사이 대체 어떤 놈한테 감화가 됐는지는 몰라도, 곱상했던 얼굴에 다른 놈들처럼 장신구들이 잔뜩 붙어 있다.

피어싱이다.

'취향을 뭐라 할 생각은 없지만…….'

어째 곱상하게 생긴 얼굴을 망친 느낌이다.

노현진.

이능력 빼고는 성깔도 더러운 놈이 가진 거라곤 곱상했던 얼굴뿐이었는데 그걸 다 망쳐 놨다.

그사이 미친 건가 싶었는데.

운이철의 반응은 그게 아니었다. 아까까지만 해도 평온하기 그지없었는데, 지금 그의 표정은 심각했다.

"……학수단이군요."

"호오? 알아보네?"

학수단?

"그 미친 표식들을 못 알아볼 리가요."

"뭔데요 그거."

"범죄 조직이라 보시면 됩니다. 소수 정예로 활동하는."

"그걸 알면서도!"

카아앙!

순간 불꽃이 튄다.

범죄자가 된 주제에 장비는 전보다 더 좋아진 노현진이 와서 부딪친 거다.

두꺼운 날을 가진 날붙이를 가지고 있었는데, 반대편 날이 없는 걸 보니 도라고 하는 게 편했다.

두꺼운 중국 식도를 크게 늘린 검이었다.

곱상하게 생긴 주제에 망나니 같은 검이다. 아니 이제는 외모를 잔뜩 버려놨으니, 어울리는 검인가?

"새끼!"

"호오? 막아!? 새꺄!?"

카앙— 카아앙— 카앙!

불꽃이 다시 튄다. 계속해서 부딪쳐 온다. 내가 막는 게 마음에 안 든다는 듯 계속!

'매너 없는 새끼.'

전에도 알아봤지만, 이놈은 여전하다. 대화할 생각이 없는 거다. 그러니 우선 빈틈을 노려 기습하고 본 거겠지.

하지만.

"느려. 병신아!"

"……읏."

화악—

내가 휘두른 검에 놈이 성큼 물러난다. 가슴에 거대한 상처가 날 뻔했는데 안 물러날 리가 있나.

좁힌다. 놈이 더 물러나기 전에 더 발을 놀렸다.

거리가 벌어지기 전에 더 좁혔다. 그리곤 검에 불빨을 더했다.

"이 미친!"

"⋯⋯얍삽한 새꺄, 닥쳐!"

본래 선공은 내 것 아닌가.

빈틈 노리고 치는 건 내 특기인데, 어째 당한 느낌에 잔뜩 악감정이 생기는 느낌이다.

게다가.

"먼저 갑니다."

"어딜!"

"너는 내 상대고!"

운이철이 정우혁을 돕기 위해 움직이고 있지 않나. 어서 끝내는 게 상책이었다.

놈의 도와 내 검이 미친 듯이 불을 뿜어낸다.

'불속성은 분명 아닌데⋯⋯.'

계속되는 부딪침. 놈은 불을 다루는 게 아니다. 그렇다면 훨씬 쉬웠겠지.

몬스터 웨이브 때도 그랬지만, 놈의 특기는 육체 혹은.

"역시!"

후아아아앙!

바람인 듯했다.

거대한 도를 사용하는 주제에 거침없이 휘둘러대서 손목이 나가는 거 아닌가 싶었더니.

'바람으로 보조하는 거였구나.'

얼핏얼핏 손목이 움직일 때마다 이능력이 빛난다.

자기는 조심스레 쓴다고 쓰는 거지만, 가까이 맞부딪치게 되니 안 들킬 리가 없었다.

"바람이냐!"

"알 게 뭐냐! 새꺄!"

후우웅—

바람이 훅하고 온다.

들켰으니 숨길 것도 없단 건가.

"웃차!"

후우욱!

바람이 순간 명치에 작렬했다.

감으로 급하게 가슴어림에 불의 막을 생성하지 않았더라면, 한 방 제대로 먹었을 거다.

공격은 제대로 안 들어 왔지만 이걸로 하나는 확실해졌다.

'죽이려고 드네.'

살의.

어떤 사정, 어떤 이유인지는 알 것도 없다.

놈이 날 죽이려 하는 게 중요했다.

이쪽도 살인자는 아니지만, 그렇다고 성인군자는 아닌지라, 검에 힘을 더 불어 넣었다.

화아아악—

모든 힘을 더하지 않아도 충분했다. 반도 안 쓰는 걸로도 놈이 놀라는 데는 충분한 위력이었다.

검에 불이 넘실넘실댄다.

검이 길어져 일부는 채찍처럼 늘어졌다. 그걸 휘두르기 시작했다.

"웃!?"

"새끼. 사람 보고 덤벼야지!"

"……썩을."

잘도 피한다. 역시 바람의 이능력자.

하지만 피하는 동시에 다가서는 나를 막지는 못했다. 거리가 좁혀지자마자.

"아악!"

쫘악—

놈의 팔을 잡았다. 그대로 열기를 흡수.

쓰아아아앙!

놈이 바람을 사용해 댄다.

바람으로 날 날리려고 한다. 바람 자체를 뾰족하게 만들어 눈을 찌른다.

그도 안 되니 몸 전체를 분쇄기에 넣듯 갈아버리려 한다. 내 몸의 중심을 찢어발기려는 듯 바람들이 쐑쐑 소리를 내며 휘몰아친다.

악독한 공격들이다.

하지만, 온몸을 불의 기운으로 가득 채운 내 앞에서는 무용지물이었다.

"으아아악! 왜! 대체 왜!!"

발악을 하는 놈.

"……누울 자리 보고 눕는 거다. 알고 덤비라고."

열기를 더! 더! 빨아들인다.

놈의 힘이 점차 빠지는 게 느껴진다. 저체온증에도 놈이 버틸 수 있는 건 그나마 딜러로서 이능력이 강한 덕분이겠지.

하지만 결국 한계다. 곧 쓰러질 거다. 그래도 그 시간마저 줄일 필요가 있다 느꼈다.

'더 발악하게 놔둘 필요 있나.'

스으으— 스으—

내 주변. 나의 어깨 위로 불의 단검을 순식간에 여럿 형성했다.

저체온증에 걸리고도 버티는 놈을 향해.

쏴악—

그대로 던졌다.

내 의지를 피하는 단검들이 나를 피하는 건 당연하다. 오직 내 뜻대로, 움직인다.

푹! 푹! 푹—!

양쪽 어깨. 복부. 양 무릎. 순식간에 다섯이 되는 불단검이 놈의 몸에 꽂힌다.

저체온증도 겨우 버티는 상황에 바람으로 이걸 막을 수나 있으랴.

퍽. 퍼어억. 퍽.

치지지지직— 동시에 살 타는 냄새가 난다.

"……시……."

마지막 말을 남기고 놈이 쿵! 소리를 내며 바닥에 쓰러진다.

악바리 같으니라고. 보통 독한 놈이 아니기에 여기까지 버틴 거다.

아직 가슴이 위로 올라갔다 내려 왔다를 반복하는 걸 보면 저 부상을 당하고도 살아 있다는 뜻.

숨을 끊을 생각은 안 했지만, 역시 보통 독한 놈이 아니다.

'시간을 너무 소모했어.'

저 망할 놈에게 시간을 너무 소모했다.

당장 고개를 돌려 보니, 운이철이 버프는 버프대로 사용하면서 종횡무진을 하고 있지만 압도하는 상태는 아니었다.
 피어싱 덩어리를 한 놈들은 생각 외로 강했다.
 바깥의 보초들과는 격이 다른 듯했다.
 정우혁의 호위무사까지 끼어 있는데도 적당한 대치 상태를 이룬다.
 허나. 딱 거기까지.
 "바로 갑니다!"
 화아악!
 불을 잔뜩 쓰고도 아직 힘이 넘치는 내가 그 대치에 끼어들었다.
 '끝내 볼까.'
 전투는 금방 기울기 시작했다.

　　　　　　*　　*　　*

 "으읏……."
 마지막 남은 하나가 쓰러진다.
 살수(殺手)를 최대한 자제하는 나와는 다르게 호위와 운이철은 철저했다.
 한참 숨을 헐떡이다가, 나중에서야 다시금 힘을 찾은 정우혁도 역시 마찬가지.

살아남은 적들 중 머리 하나가 있던 공간을 그대로 '삭제'시켜서 날려버렸을 정도다.

머리가 날아가고도 살아남을 리가 있나.

그대로 죽었다.

그렇게 순식간에 상황 종료. 그나마 살아남은 건 얼굴만 곱상했던 노현진 하나.

그런 노현진을 향해서 정우혁의 호위는 그대로 다가가더니.

콰즉—

심장이 있을 위치에 검을 정확히 가져다 대고는 그대로 푹하고 찍어 눌렀다.

아주 가차 없는 모습.

하지만 그녀의 아름다움이 더해져, 한순간 묘한 분위기를 형성하는 모순된 장면이기도 했다.

"나머지 처리하러 갈게."

"부탁할게!"

"……."

그녀는 노현진을 처리하고도 모자랐는지, 그대로 걸음을 옮겼다.

밖에 있는 자들을 우리가 처리 안 할 걸 눈치채고 알아서 움직이는 듯했다. 눈치가 귀신이다.

나가는 그녀를 대신해서 정우혁을 쳐다보며 물었다.

녀석은 여전히 숨이 고르지는 못했지만, 그래도 아까보다는 나아 보였다.

"인질로 안 쓰냐? 알아볼 것도 없고?"

"다 아니까요. 누가 했는지는 뻔하거든요."

"하여간에 복잡하게 사는 놈 같으니라고."

원한 관계가 있는 건가. 이놈도 이준혁만큼이나 사연이 꽤 긴 놈 같았다.

나 같으면 급한 대로 전진기지에 있는 헌터들이라도 데려다 쓸 거 같은데, 녀석은 언제나 호위와만 함께다.

왕이 된다는 놈이 나 이상으로 상황이 참 복잡한 놈이다.

내가 불쌍하다는 듯 바라보자, 녀석이 괜히 뜨끔했는지 말을 돌려 온다.

장난기가 잔뜩 어린 말투였다.

"에이, 말이 너무 짧아졌는데요?"

"그거야 전에는 의뢰주였으니까. 지금은 아니고. 돈빨 끝났다?"

"쳇. 그때 엄청 갑질 해줄 걸 그랬습니다."

"갑질은 무슨. 나한테 갑질 하고 제대로 산 놈이 없다고?"

"……뭐 그건 그런 듯하더군요."

언제나 같은 실수를 반복하지 183

알아본 거라도 있는 건가. 어째 수긍하는 분위기다.

"아아아악!"

그때 비명이 들려왔다.

저체온증으로 쓰러졌던 놈이 죽은 건가.

아니면 운이철이 상대하던 자가 용케 숨이 붙어 있었거나?

어느 쪽이든 참 가차 없이 죽였을 게 뻔하다.

그 비명으로 대화가 끊어져 버렸다.

금방 그녀가 돌아온다.

여전히 무표정을 한 채인 그녀는 지친 기색이 역력했지만, 자세만은 꼿꼿했다.

그녀에게 수고했다는 듯 손짓을 하고는, 나를 바라본다.

"그나저나, 어서 자리나 옮기죠?"

"왜?"

"다른 놈들이 냄새 맡고 달려들 게 뻔하니까요. 젠장. 하여간에 저쪽도 독해요."

"더 설명하지 마. 이쪽도 머리 아픈 데 끼어들기 싫다?"

나는 내 일로도 바쁘다. 아무나 돕는 호구는 아녔다.

정우혁이 아무나는 아니었지만, 역시 복잡한 일에 끼기에는 이쪽도 사정이 복잡했다.

"어차피 반쯤은 형님도 끼어 있는 걸요. 그나저나, 협상

날이 오늘이었지요?"

"그래. 운 좋은지 알아. 그러니까 살려줬지. 목숨값은 알지?"

"쳇……."

그래도 전화위복이라 해야 하나.

이놈은 상인이자, 거래에 있어서는 명확한 놈이니 목숨값은 제대로 쳐줄 게 뻔했다.

거기다 아까부터 조용히 계산하는 눈을 밝히고 있는 운이철도 있지 않은가.

'이번 협상은 기대해도 되겠는데?'

그가 있다면 아주 잘해 줄 게 뻔했다. 그리 불리하지만은 않은 상황이다.

그렇기에.

"일단은 가죠."

"그래."

본래는 이곳이었어야 할, 새로운 협상 테이블에 가는 발걸음은 가볍기만 했다.

무슨 협상을 할 거냐고?

길지는 않아. 나도 그런 머리 아픈 건 질색이니까.

짧고 간단하게! 갈 거다.

'그래도 최대한 이득은 내야겠지. 흐흐.'

누군가 지금의 내 미소를 본다면 거래를 하는 악마의 미소라고 하지 않을까?

＊　　＊　　＊

"생각보다는 허름하네?"
"뭐 꼭 그리 직설적으로 말씀하실 필요는 없잖습니까?"
"그래도 영……."
"쳇. 상황이 좋지 못해 그런 겁니다. 여긴 안가기도 하고요."

눈앞에 보이는 광경을 보고 있노라면 내가 말하는 것도 과장은 아니다 싶을 거다.

호텔 같은 대단한 곳까지는 기대도 안 했다.

하지만 이건 좀 너무하다 싶은 정도?

얼기설기 짓다 만 건물이 바로 눈앞에 있을 줄은 몰랐다.

폐공사장이랄까.

아무런 마감 처리도 안 돼 가지고는 시멘트 덩어리만 덩그러니 있고, 창문이 있을 자리에는 창틀도 껴져 있지 않다.

건물도 아닌 그런 게 바로 앞을 채우고 있었다.

밤을 지나 새벽.

여기까지 오는 데 시간을 할애해서 새벽에서 아침이 되어 가고 있는데도, 을씨년스럽다니.

어떤 의미론 대단하다.

"사람들이 꺼리니까 안가로는 아주 좋겠네."

"쳇. 나중에 두고 보자고요. 제가 돈이 없어서 이런 줄 압니까."

"알지, 알아. 다만 그 돈 쓰기 힘들잖아? 흐흐."

"두고 봅시다!"

이크. 더 놀리다가는 일이 날 거 같았다.

호위도 표정이 굳어지는 게, 장난도 역시 정도껏 쳐야 할 듯싶다. 재빨리 말을 돌렸다.

"어쨌거나 들어가자고."

"예이. 앞장 좀 서 볼까요."

정우혁이 앞장서 걷는다. 분도 없지만, 집주인으로서 맞아주는 거랄까.

시멘트만 가득한 곳을 지나는데, 용케 엘리베이터는 또 작동한다.

그걸 조작하고 위로 올라가자.

"오?"

그럭저럭 괜찮은 상태의 사무실 같은 곳이 보이는 게 아닌가.

소파, 책상 몇 개, 침대 두 개, 냉장고들과 그 옆에 쌓인 식료품들까지.

화려하지는 않아도 영화 속에서나 나오는 그런 안가를 실제로 본 느낌은 꽤 색달랐다.

정우혁은 먼저 소파에 털썩 앉고는 자세를 잡았다.

푹하고 앉아서 두 손을 모아 분위기를 잡는데, 그게 나름 어울리긴 했다.

물론 말로는 정반대의 내용이 나갔지만.

"폼 잡지 마. 안 어울린다고?"

"하여간에 형님도 진짜 성질은 안 좋다니까요."

"남이사. 어서 협상이나 하자고."

내가 그의 맞은편에 앉았다.

자연스레 오른편으로는 운이철이 앉고 정우혁의 뒤로는 호위가 서서 자리를 잡았다.

분위기는 만들어졌다.

이제 협상의 차례다.

* * *

'짧게 가려고 했는데. 어렵네.'

생각보다 협상이라 하는 건 오래 걸렸다.

이런 걸 내가 잘 못하는 것도 있겠지만, 정우혁 요놈이 생각 이상으로 협상에 능하다는 것도 문제였다.

 나이도 어린데, 어려서부터 교육받은 게 있는지 협상을 시작하고부터는 아예 분위기가 달라졌다.

 "목숨값도 있잖습니까?"

 "그거야 그렇지만, 제 목숨값이 그리 비싸지는 않아서요. 거기다가 조건이 너무 크다니까요?"

 "그 정도는 돼야 거래를 할 만합니다."

 중간에 운이철이 끼어들고 나서부터 그나마 다행이랄까. 그는 생각보다 잘해 줬다.

 단호한 표정으로 정우혁의 목숨값을 요구하고, 또 때로는.

 "서로 윈윈하는 거 아니겠습니까?"

 "조건이 안 좋아요. 조건이."

 "이 정도면 서로 좋을 조건입니다."

 정우혁의 속을 살살 구슬릴 줄도 알았다.

 그 모습에 꽤 기시감이 느껴졌는데, 생각해 보면 나도 그의 의뢰를 받을 때 이런 식의 협상에 넘어갔던 거 같은 느낌이다.

 어쨌거나.

 꽤나 오래 지속이 되었던 협상은 정우혁과 운이철의 주

도하에 흘러가기 시작했다.

너무도 첨예한 대립이었다.

나나 호위를 맡은 쪽은 어쩐지 끼지 못하는 분위기였다면 더 말할 필요도 없을 정도 아닌가.

결국 학을 떼는 쪽은 정우혁이었다.

"흐음…… 완전 밑천을 털려는 거 아닙니까? 정보에, 기지 이용에 덤으론 무이자로 돈까지라니!"

"그만한 대가는 될 거라 봅니다. 대신 우리는 부탁을 좀 들어주기로 하지 않았습니까?"

"크흐…… 부탁에 돈이랑 정보 정도는 그렇다 쳐도 기지 이용은 너무하는 거 아닙니까!"

아, 참고로 기지는 전진기지를 쓰겠다는 말이다.

그 왜 있잖나. 의뢰할 때 갔던 전진 기지들.

전부를 쓰겠다는 건 아니고, 오래 머물기만 하겠다는 것도 아니다.

어디까지나 적당히 쓰겠다는 거다.

점거를 할 리는 없지 않은가.

그래도 이 부분은 정우혁으로서도 쉽게 결정하기 힘든 부분인 듯했다.

하기는 정우혁으로서도 전진기지는 자신의 보루들 중에 하나 아닌가.

그로서는 전진기지를 그에 소속된 자가 아닌 다른 자가 쓰는 게 꽤 큰 일일 수도 있었다.
 일종의 비밀 무기를 드러내는 거라고 느껴질 거다.
 자연스레 정우혁의 고민이 길어진다. 동시에 덤으로 그는 자신의 협상 기술을 잘도 써댔다.
 '짜식, 능글맞네.'
 슬금슬금 피할 줄을 안달까.
 운이철이 단호함으로 그의 뒤를 낚아채려고 하면, 정우혁은 능글맞음으로 협상을 은근 길게 끌고 가는 느낌이었다.
 '계속 반복되려나.'
 지루해지려는 찰나, 결국 결정타라고 하는 게 날아든다.
 선공은 운이철이었다. 굳은 표정을 하고서 날리는 모습이 꽤 일품이었다.
 "정우혁 씨. 정상훈의 아들이잖습니까. 그 부탁이란 것들. 보통 일도 아니고요. 안 그렇습니까?"
 "……이미 다 알면서 그리 오래 이야기한 겁니까?"
 "예. 중요한 건 본래 늦게 꺼내야 하지 않겠습니까?"
 "제길……."
 어떤 사정이 있는 건가.
 자신의 아버지 이름이 호명되는데도 정우혁의 표정은 좋

지 못했다. 되려 크게 인상을 찡그려서 기분이 상하는 게 보일 정도다.

'분위기 장난 아닌데…… 거기다 정상훈이라. 어딘가 익숙한 이름인데?'

가만 보고 있던 나로서도 괜히 가시 방석에 앉은 기분이 들 정도였다.

잠시의 침묵.

아니 꽤 길어지기 시작하는 침묵의 시간.

운이철은 아무런 죄도 없다는 듯이 그런 정우혁을 직시하고 있을 뿐이었다.

눈을 피하지도 않았다. 단지 협상에 집중할 뿐이었다.

반대로 정우혁은.

'복잡한 거군.'

내가 느껴질 정도로 내심이 복잡해 보였다.

정우혁에게 아버지는 정우혁의 어떤 트라우마, 혹은 아픔을 찌르는 단어인 게 분명했다.

은근슬쩍 나를 한 번 보다가, 운이철을 또 한 번 째려보고 그러다 아픔에 젖은 듯 허공을 바라보기를 반복한다.

그리곤 크게 한숨을 한 번 내쉰다.

어린 나이에 내쉴 수 없는 깊은 한숨이다.

그걸로 잠시 만들어졌던 침묵이라고 하는 게 깨졌다.

"후아…… 이미 다 아는데 길게 갈 게 뭐 있겠습니까. 까짓 거 도와드리죠."

"좋습니다!"

"단, 이쪽도 협상이 아닌 의뢰라 생각하고, 제대로 대가는 받아낼 겁니다. 아시겠죠?"

"얼마든지요. 그 정도야 해낼 수 있으니까요. 여러 가지로 필요하신 게 있는 거죠?"

"……뭐 이미 다 알았네요 뭐. 네 맞습니다."

고개를 한 번 끄덕이는 정우혁. 목이 마른지 침을 한 번 꿀꺽 삼키고는 말을 잇는다.

"힘을 찾으려면 여러 가지가 필요합니다. 이쪽도 구하곤 있지만, 꽤 급하니까요."

"마찬가지. 사실 이것도 거래라 생각하면 편해지는 거죠."

알 듯 모를 듯한 말이 오고 간다.

대화가 바로 이어지는 게 아니라 중간, 중간에 띄엄띄엄 넘어가는 말들이 있었다.

굳이 언급하지 않고 간결하게 넘어가는 거다.

내가 대략적으로 상황을 파악하고 있지 않았더라면 대화의 맥을 찾지 못했을 거라 느껴질 정도였다.

'그러니까 정리하자면…….'

언제나 같은 실수를 반복하지

우리는 돈과 정보가 필요하다. 덤으로 전진기지의 이용까지.

정우혁은 자신의 '힘'을 되찾기 위해서 필요로 하는 게 있다.

그건 이미 알고 있기로 몬스터의 부산물.

그것도 강한 몬스터들을 잡고 나올 부산물이다.

정우혁 나름대로 그것들을 얻기 위해 노력은 하고 있지만, 상황이 좋지는 못한 형편.

우리 쪽은 당장 일을 크게 벌려 목적에 도달하고 '복수'를 하기 위해서는 정우혁의 돈과 정보가 필요한 형편이다.

그러니 서로가 서로를 필요로 하고, 가지고 있는 걸 교환해서 얻을 수 있는 게 좋은 상황이랄까?

이대로만 거래가 성립되면 나쁘지 않다.

'좋은 거래지.'

다만 정우혁의 아버지에 관한 문제가 있는 거 같은데, 거기까진 내가 낄 일이 아닌 듯했다.

둘의 오고가는 대화 속에 내용을 유추하면서 내가 머리로 정리를 한참 하고 있을 때.

두 명의 시선이 느껴진다.

"대장, 뭐 하십니까? 어서 악수하셔야죠. 계약서도 없는 구두 계약이지만 서로 신용이 있지 않습니까."

"맞아요. 형님. 어디서 이런 괴물을 데려와서는……쳇."

순식간에 많은 말을 하고 넘어가던 정우혁과 운이철이 대뜸 대화를 종료했다.

아까까지만 해도 협상을 하니 마니 하더니, 어느 순간부터 대화가 빠르게 급진전 돼 버렸다.

그러고는 계약 성립이랍시고 손을 내미는 정우혁과 그걸 당연하다고 어서 악수하기를 재촉하는 운이철의 모습이라니.

하여간에 웃기는 놈들이다.

어쨌거나 상황을 파악하니 나로서는 좋긴 했다. 얻을 수 있는 걸 얻기에는 충분해 보였으니까.

거기다 전진기지 이용은.

'아무래도 보험이겠지? 생각지도 못한 부분이야.'

나로서는 협상의 구실로 가져오겠다고 생각도 못 한 부분이었다. 나는 전진기지 이용까지 가지고 협상에 나설 생각은 없었다.

돈과 정보를 얻으면 충분하다고 여겼달까?

아마 내가 정우혁과 협상을 하러 나왔다고 했을 때 운이철이 즉석에서 만들어 낸 조건일 거다.

그 전진기지들.

꽤 대단한 게 많았다는 걸 생각하면, 앞으로 레이드를 함에 있어서 도움이 될 건 분명해 보였다.

'좋은 덤이야.'

타악.

만족스러운 표정으로 녀석의 손을 잡았다.

"쳇. 저 사람 다음부터는 데려오지 마요. 끈질기다고요."

"아니. 더 데려와야겠는데? 흐흐."

앓는 소리를 하는 정우혁의 말은 살포시 무시하고, 운이철에게 신호를 보냈다. 잘했다고.

어쨌거나 그렇게 구두 계약이지만 계약 성립.

따로 계약서가 없더라도 서로의 필요에 의해서 계약을 지킬 걸 나나 여기 있는 사람은 모두 잘 알고 있었다.

그 뒤?

여러 가지로 일을 벌였다.

장인 어른과의 일도 있고, 장비에 관한 문제, 사무실에 관한 문제들에, 성장에 관련된 문제들, 그리고 방송에 나오게 된 이유까지. 아주 많고 많다.

그래도 당장은 그런 걸 풀기에는 지루하기만 하지 않겠나.

너무 딱딱한 이야기들이었다.

그런 건 천천히 알아도 되었다.
일단 지금 당장 중요한 건.
"자아! 오늘도 하이라이트지요! 곧 등장하십니다!"
바로 방송이었다.

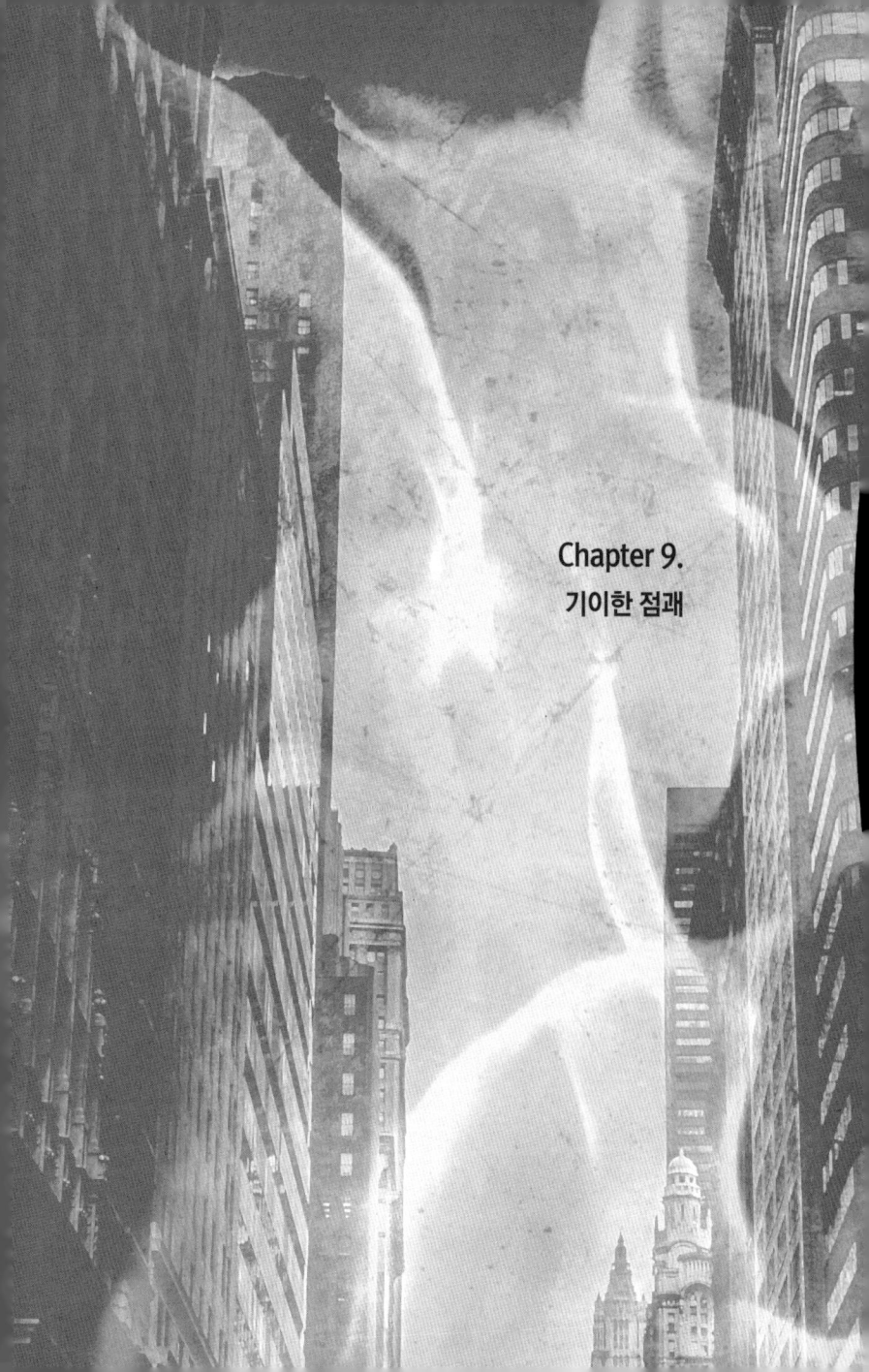

Chapter 9.
기이한 점괘

조명이 화려하게 쏟아진다.

음악 방송 프로에 맞먹는 조명이었다.

이런 토크쇼에 들어올 조명이라기에는 너무 화려했다.

'생각보다 화려한 걸 좋아하나……'

전에 봤을 때는 이 정도까지는 아니었는데 뭔가 변한 듯싶다.

화려하던 조명이 죽고 그윽하니 연기가 나오기 시작하며 스튜디오 안을 가득 채우기 시작한다.

안개가 깔린 느낌이다.

화려함 다음에 갑작스럽게 전설의 고향 같은 느낌이라

니.

분위기 잡으려고 하는 건 알겠지만, 연출의 연도 모르는 내가 봐도 이건 이상했다.

순간 피디의 머리 안을 보고 싶을 정도였다.

'가끔 티비 프로 보다 보면 이상한 연출 참 많던데……'

지금이 딱 그 꼴이랄까.

다행히도 상념은 그리 길게 가지 않았다.

푸쉬이이이이익—

그윽한 안개에도 모자라 뭔가를 쏘아낸다.

동시에 문이 열린다.

스튜디오의 삼분지 일은 차지하는 거대한 문이었다. 그 장면은 꽤 장관이었다.

그 안에서 나오는 실루엣은 의외로 작았다.

남자 중학생 정도 되는 크기라고 하면 딱 들어맞을 크기.

"……."

잠시 일동 침묵. 집중이 된 상태다.

무슨 말을 꺼내려 해도 내가 꺼낼 수는 없지 않나.

다행히 이런 일에 익숙한 박현주가 나서줬다.

"자아! 저희 프로그램의 가장 하이라이트! 전무님이십니다!"

연기가 다 걷히고 모습을 드러내는 얼핏 보이는 이는 일

흔, 즉 고희(古稀)는 되어 보이는 할머니였다.

 주름이 퍽퍽하니 파여 있고, 머리는 새하얗게 변한 지 오래인 모습이다.

 그래도 동안이다.

 '추정 나이가 구십은 더 될 거 같다는데 일흔으로 보이면 동안인 거지.'

 무려 사십 살 아저씨가 스무 살로 보이면 동안인 것과 같은 원리다!

 이게 중요한 게 아니고.

 그녀의 이름은, 전무(全無)할 때의 그 전무가 맞다.

 일종의 별칭이랄까.

 자신의 이름은 이미 잊었다 말하면서 절대 대지도 않는데, 자신을 부르는 데 사용할 수 있는 말은 오직 그것뿐이다.

 혹자는 사기꾼이라고도 말하고, 또 혹자는 시대의 예언자라고도 말한다.

 거의 반타작. 아니 어쩌면 반 이상.

 그녀가 말하는 점괘는 꽤 신묘하게 맞아 들어갈 때가 많단다.

 작은 건 잘 맞추지 못해도 되려 큼지막한 건 잘 맞춘다나.

거기다 신기하게도 헌터들과 관련해서는 점괘 확률이 꽤 올라간다고 한다.

헌터에 집중된 점쟁이라니.

그게 진짜든 아니든 간에 꽤 호기심이 들기에는 충분한 이력이지 않나.

어지간해서는 방송에 출현도 안 하는데, 근래에 들어서는 무슨 심적 변화가 있는 건지 몰라도 여기 출현해 줬단다.

덕분에 이 프로그램도 뜬 거고.

하여간 이력이 재밌는 사람이다.

나? 나는 뭐, 그냥 이런 사람도 있겠거니 할 뿐이다.

그리고 뭐든 겸사겸사 아닌가.

'복채도 없이 공짜로 점 봐준다는데……'

방송 출현도 하는 데다 공짜니까 불만을 가질 것도 없었다.

분명 전무라는 저 여인을 보기 전까지는 그리 생각했는데,

'어째…… 예사롭지가 않네.'

작은 체구를 가지고 다가오면 다가올수록 괜히 긴장이 되는 느낌이다.

다른 헌터들도 긴장하곤 한다고 듣기는 들었는데, 이거

이해 못 할 정도로 긴장이 된다. 순간 식은땀이 날 정도였다.

내가 긴장한 걸 아는지 모르는지 전무는 계속해서 다가왔다.

그리곤 나를 보면 볼수록 재밌다는 표정을 짓기 시작한다.

그 표정과 분위기가 너무도 기이해서 일순간 정신이 멍해지는 느낌이다.

"호오? 네가 마지막일 수 있는 아이구나."

"예?"

"보자아."

고오—

다른 이들은 모르겠지만, 난 분명 느꼈다.

'이능력.'

전무는 이능력을 썼다.

이건 지금까지 몰랐던 사실이다.

점괘를 보는데 이능력을 쓰다니?

그럴 수도 있는 건가.

아니 누구든 이능력자가 될 수는 있는 거니 점쟁이도 이능력자가 될 수야 있기는 하겠지.

그래도 이능력으로 점괘를 본다는 건 전혀 생각지도 못

기이한 점괘 205

한 일이며 알지도 못했던 일이다.

나도 바로 앞에서 이능력이 스쳐 지나가지 않았더라면, 지금까지 가졌던 경험이 없었더라면 알지 못할 만큼 미세한 이능력의 흐름을 느꼈을 뿐이다.

'결국 이능력인가.'

정체 모를 것에서 익숙한 것을 보니.

쿵쾅. 쿵쾅. 쿵. 쿵.

미친 듯이 뛰던 심장이 그나마 조금은 잦아들었다.

본래로 돌아오려 하는 느낌이다. 진정이 돼 간다는 소리다.

그때 침묵을 깨는 소리에 괜히 놀란다.

"오! 드디어! 제대로 들어가셨습니다!"

침묵을 깬 건 사회를 보고 있는 박현주였다.

그녀의 프로 정신이 발동한 듯하다.

전무가 이능력을 발휘하고 그 눈이 백안으로 변하자, 침묵이 이어지는 게 싫었던지 사회를 보기 시작한 거다.

"전무님의 저런 모습은 오랜만이죠. 자아!"

요란하게 이런저런 말을 던져댄다.

나로서는 괜히 싫은 모습이지만, 어쩌랴.

그녀도 다 먹고 살자고 하는 거니 방해를 할 수는 없다.

대신 그녀의 말은 싸그리 한 귀로 듣고 한 귀로 흘리면서, 전무의 모습에 집중했다.

눈 전체가 운이철과는 다른 의미로 백안이 돼서 눈동자 자체가 보이지 않는다.

우유빛이 아니라 탁한 흰색, 아니 회색에 가까운 백안이었다.

'뭐 속성이 있는 건가……'

신기한 자다.

하기는 전무와 같은 점쟁이는 아니더라도, 해외에도 이런 비슷한 능력을 가진 자가 있다고 얼핏 들었다.

유명한 게 단기 예지.

며칠 이내의 것을 예지하고, 몬스터의 출입을 미리 예측하는 자도 있다던가.

더 짧으면 몇 초에서 몇 분을 예지할 수 있는 예지능력자가 있다고도 들었다.

'전투에서 무조건 유리한 고지를 가져가지 않을까.'

실제 그런 능력이 있다면 사기겠지.

어쨌건 종류도 많은 게 이능력이고, 비슷한 이능력이래도 힘을 키우는 방법이 천차만별인 게 이능력이다.

저런 이능력자 하나 있는 게 이상한 일은 아니다.

그녀의 이능력에 대해 한창 판단을 내리고 있을 무렵. 그녀의 백안이 갑자기 검게 물들기 시작했다.

탁한 회색이 아니라 완전히 검게!

그리고 그녀가 의미 모를 말을 남기기 시작한다. 근데 그 내용이 어째 가면 갈수록 이상해진다.

"고생길이 훤했을 게야. 그렇지?"

"……어? 네."

"앞으로도 훤할 거다. 네 녀석. 죽을 그 날까지."

"……네?"

와나. 이거 무슨 개소리지.

여태껏 고생을 했는데도 앞으로도 고생한다 이 소린가? 여기까진 쉬운데.

"킥, 육왕(六王) 중에 하나가 이제 막 태어났으니 어련할까. 늙은 노왕(老王)들이 바빠지겠구나? 네가 시발점이야."

"그게 대체 뭔 소립니까."

"자아, 이거 신기한 점괘인데요! 처음 나온 겁니다!"

분위기도 모른 채 짖어대는 박현주의 말은 무시했다. 뭔가 이상했다.

'육왕, 노왕들? 무슨 소리야 이게.'

도무지 알 수 없는 말들이었다.

허나 그 안에 '진의'라고 하는 게 담겨 있는 건 충분히 느낄 수 있었다. 뭔가 있다. 확실히.

"네놈이. 모든 것의 시작. 동시에 끝이 될 수 있다. 아니,

아니지. 어쩌면 네가 시작일 뿐일지도."

"그게 대체 뭔 소리냔 말입니다. 설명을 좀 해주시죠."

"키킥. 설명은 무슨…… 결국 네 녀석의 선택에 달린 일을. 아해야, 다만 한 가지 이야기를 하자면…… 노왕 중 육욕(肉慾)의…… 왕을…… 큿?"

쿠웅.

갑자기 전무가 쓰러졌다.

검게만 가득 차 있던 눈이 순간 회색으로, 다시 원래의 눈으로 돌아오는 걸 나는 분명 봤다.

그러더니 무슨 반작용이라도 맞은 듯 그대로 쓰러져 버렸다.

'대체 이게 무슨 소리야?'

육왕. 노왕. 육욕의 왕. 그런 알 수 없을 단어들.

하지만 이 단어들이 포식자라는 말과 분명 연관이 있다는 것을 나는 '직감'으로 느낄 수 있었다.

인생이라는 것은 하나의 길고 긴 실이 어지러이 묶인 실타래라고 한다.

너무도 깊게 꼬인 실타래.

그중 하나를 본 느낌이다.

고생길이고, 힘듦이고를 떠나 뭔가가 있다. 분명히.

"하……."

내가 더 놀랄 것도 없을 사이.

난리가 나 버렸다. 생방송으로 방송되고 있는 주제에 전무가 쓰러졌으니 난리가 안 나고 뭐 할까.

이 방송은 생방송으로 전부가 나가고, 나중에 편집이 돼서 나가는 방송이었다.

그런데 이리 사건이 터졌으니,

"119! 119! 부르라고!"

"와나. 이게 무슨 일이야."

방송에 관계된 사람들 전부가 난리가 나는 건 어쩔 수 없이 당연한 일이었다.

나는 한숨을 깊게 내쉬며, 놀란 가슴을 쓸어내리고는 이서영을 바라봤다.

그녀도 치유 능력이 있으니, 그걸 부탁하려 한 거다.

"이서영 씨…… 우선 치료부터."

"그게…… 아까부터 하고 있는데 먹히지가 않아요."

하지만 그녀가 아무리 치료를 넣어도, 무슨 반작용을 당한 전무는 그 치료가 먹혀들지 않았다.

그녀의 손에서 나오는 빛이 도무지 전무에게는 스며들려 하지 않는다.

거부되는 느낌이다.

'아나…… 이게 대체 무슨 일이야.'

두통이 온다.

조금이나마 지끈거리는 머리를 달래고자 머리에 손을 탁 하고 가져다 댔다.

좀 나아지는 느낌이다.

'이거 이러면…… 나오는 의미가 퇴색되는 건지, 제대로 먹힌 건지를 모르겠네.'

방송 자체가 이유가 있어 온 거다.

이유가 없었더라면 이런 번잡한 일에 내가 올 리가 없지 않나.

쓸데없이 행동하기에는 나한테 딸린 식구가 많고, 해야 할 일도 많은 나다.

그래서 온 건데 이거 어째 일이 이상하게 돌아가는 느낌이다.

한참 돌아가는 상황을 멍하니 바라봤다.

여기서 내가 나서 봐야 일이 더 꼬일 느낌이라, 가만 바라보기만 했다.

"데려가! 어서!"

연출을 괴악하게 하는 피디가 가장 바빠 보였다.

전무를 재빨리 스태프들을 통해 데려가고, 사회인 박현주에게 무슨 신호를 보낸다.

박현주는 그 신호를 받고.

"잠시 소란이 있었지요. 자아, 이게 무슨 일이냐면요……."

자기도 식은땀을 뻘뻘 흘리면서도 어떻게든 수습하자고 노력을 해댄다.

상황이 이런데도 잘도 노력하는 걸 보면, 프로 정신만큼은 확실히 알아 줄 만한 여자였다.

그 사이 다른 스태프들은 우리에게도 신호를 보낸다.

나오라는 신호였다.

"가죠……."

자기도 모르게 불안해하는 이서영의 손을 잡고 나왔다.

우리의 뒤로 조명, 연기 등이 다시 쏘아지면서 분위기를 잡는다.

수습하자고 날리는 조명이나 연기 같은데 그게 오히려 상황을 더 그로테스크하게 만들고 있었다.

알 게 뭔가.

나도 정신이 복잡한데.

정신도 없이 대기실을 가서 개인 물품을 챙겨 오고 방송국을 나오자.

"거창하게 한번 하셨던데요?"

나를 저 아수라장에 집어넣었던 그가 웃고 있었다.

＊　　＊　　＊

　방송이 끝났다.
　지금까지 나는 꽤 복잡하게 움직이고 있었다.
　'방송 출연도 그런 거지.'
　'거대한 계획'을 잡고 저번 레이드부터 크게 움직이고 있지 않나.
　그 레이드조차도 사실 '큰 그림을 그리기 위한 퍼즐 조각' 중 하나다. 협상도 그런 거고.
　요즘은 다 이유가 있어 움직인다.
　이유 없이 행동할 때는 분명 지난 지 오래니까.
　오늘 방송에 나간 것도 그 계획의 일환이다. 또 다른 퍼즐 조각이랄까.
　서서 웃음 짓고 있는 저 양반 덕분이었다. 모든 계획을 짠 이, 운이철. 그의 계획 중의 하나로 움직인 거다.
　'나도 동의해서 실행하는 거긴 하지만, 하여간에 피곤하다니까.'
　내가 이런 덴 잘 맞지도 않는다는 걸 아는 주제에도, 그는 잔뜩 신이 난 듯이 웃고 있었다.
　해맑은 아이 같은 표정이다.
　나는 방송국에서 정신없이 보냈는데, 그는 그걸 즐기고

있는 느낌이랄까?

아마 내가 그에게 레이드가 끝나고도 이런저런 피곤한 일을 던져줘서 괜히 심술을 부리고 있는 걸지도 몰랐다.

그러니 방송국에서 일이 터졌는데도, 거창하게 한탕 했다고 웃고 있겠지!

그의 상큼한 얼굴에 침을 뱉을 수는 없고, 괜히 심술이 나서 한 마디 외쳤다.

"거창하고 싶어서 거창한 거 아닙니다? 알잖아요?"

"그렇죠. 예상외로 파급력이 있을 겁니다, 이 사건. 그래도 이 또한 나름대로 계산 하에 있는 거 아닙니까."

"쳇. 그래도 역시 성격에는 맞지 않수다. 때려잡고, 부수는 게 낫지."

내가 괜히 핀잔을 주긴 하지만 하여간에 할 말 없게 하는 양반이다.

생글생글 웃으면서 사람 속을 뒤집는 말을 잘하는 양반이기도 하고.

그렇다고 안 들을 수가 없다.

우선은 움직여야 했다. 타당하며 내가 선택한 계획이니까.

'계획대로 되고 있긴 한데······.'

운이철을 들이고 레이드를 통해서 수련을 하고 기술을

강화했다.

스승에게 부탁을 해서 운이철이 힘을 얻도록 도왔다.

'여기서 이서영 씨가 힘을 얻은 건 예상 외였지.'

지금이야 바로 옆에서 속도 없는 것처럼 해맑게 웃고 있지만, 그때 같이 각성할 때는 정말 심장이 멎는 줄 알았다.

같이 강해져서 다행이지. 이서영이 죽는다면, 놀라는 정도가 아니라 소중한 누군가를 잃는 것과 같았다. 심장이 뚫리는 고통을 느꼈을 거다.

계획, 레이드, 각성.

그리고 그 다음이 협상.

정우혁과의 협상을 통해서 얻을 걸 얻었다.

바로 돈과 정보.

돈이라고 해서 무제한으로 얻을 수 있는 건 아니긴 하다. 정우혁의 사정도 있으니까.

'거기다 빌리는 거다. 내 돈 아니야.'

그래도 돈이라는 것이 많으면 많을수록 좋다는 건 진리와도 같은 소리!

이 돈이라는 건 활동 자금으로 꽤 중요하게 사용할 수 있을 거다.

더 중요한 건 정보였다.

정보를 가지고 돈을 번다는 말도 있듯, 우리가 앞으로 움직임에 있어 정보는 꽤 중요해질 게 당연하다.

그렇다고 정우혁처럼 정보 조직을 따로 가지고 있는 것도 아니고, 당장 만들 수도 없지 않은가.

앞으로 움직임에 돈만큼이나 정보는 꽤 도움이 될 거다.

돈과 정보.

분명히 좋은 거래였다.

정우혁 쪽도 밑지는 장사를 한 건 아니니 서로 윈윈하는 협상이었다고 할 수 있었다.

하지만 돈과 정보만으로는 만족할 수가 없었다.

'일종의 보험이 필요했지.'

앞으로 일을 크게 벌이고 움직이기 시작한다면, 그때부터는 돈과 정보로도 부족한 게 생긴다 봤다.

'일종의 명성이라 해야 하나……'

우리는 명성이 곧 보험이라고 봤다. 특히 운이철의 경우에는 연구원시절 당한 게 있어서 그런지 나보다 더 그리 생각했다.

"그래도 잘하셨습니다. 조금이나마 얼굴이 알려지는 것과 안 알려지는 건 큰 차이거든요."

누군가는 얼굴이 알려져 있어야 한다 했다.

"그렇게 좋으면 운이철 씨가 나가지 그랬습니까?"

"하핫, 저는 방송 체질도 아니잖습니까. 거기다 저는 아직 전면에 나서긴 그렇지요."

"하여간에 말은 잘합니다."

핀잔을 주기는 하지만 그렇다고 운이철이 나설 수는 없었다.

운이철은 아무래도 당한 게 있다.

아직도 생생한 운이철의 그때 모습이 떠오르곤 한다. 사지를 제대로 움직이기도 힘들어하던 모습.

그 모습을 생각하면 확실히 그가 아직 전면에 나설 때는 아니었다.

그가 전면에 나서면 운이철을 건드린 '그쪽'이 어떻게 나올지는 예상하기가 힘들다.

그렇다고 멈춰 있기에는, 앞으로 우리가 벌일 일은 꽤 거창한 일이었다.

계획을 짜고, 레이드에 협상을 하고 방송까지 나가는 등, 퍼즐 조각을 맞춰가면서 하는 일이 뭐냐고?

'꿈이지. 아니 목표라 해야 하나.'

내가 선택한 목표 때문이다.

그 목표는 많은 시간을 필요로 했다. 열심히 움직여야 할 수 있는 일이었다.

얼마나 거창해서 이러냐고?

그 목적이 뭐냐고?

돈과 이권은 그냥 갖는 거다.

그건 내 꿈의 일부밖에 안 된다.

잘 먹고 잘살려고 했으면 진작 나는 꿈을 이뤘을지도 몰랐다.

'거대 길드에 들어갔다면 대우받고 살았겠지.'

강해지는 거? 그것도 물론 포함된다. 앞으로도 나는 더 강해질 거다. 그러기 위해 엄청난 노력을 쏟겠지.

하지만 나 혼자만 강해져선 안 됐다.

그 정도에 만족하기에 나는 어느새 너무 배고파졌다.

그래.

욕심이 많아졌다.

그릇이 커졌다.

찌질하고 멍청해서, 작은 갑질이나 할 줄밖에 모르던 난데, 어느새 너무 거창해졌달까.

하지만 실행을 하지 못할 거라곤 생각하지 않기에 꿈꿨다. 아니 지금도 실행하고 있었다.

하나씩 차분하게.

그 거대한 꿈은.

'쉽게 말하면 거대 길드 그 이상이 되는 거지.'

방송국을 가진 것은 물론이고, 재벌가 못지않게 힘을 사용하는 헌터 관리원에 필적할 수 있는 곳.

거대하고 강력한 헌터 조직. 헌터 관리원처럼, 아니 그 이상으로 한국을 주물거릴 수 있는 조직을 만드는 게 꿈이다.

그리고 그게 지금까지 당한 모든 것을 갚아주기 위한 나의 계획이다.

'너무 거창하긴 하지만······.'

어느새인가 이 정도쯤 돼야 한다고 생각해 왔다.

내가 하고 싶은 걸 할 수 있으려면.

허무맹랑하지만 이 꿈이란 것만 생각하면 쿵쾅쿵쾅 가슴이 계속 뛴다.

설렘이 아니다. 흥분이다.

나 혼자 대단한 헌터가 되자고 하는 그딴 작은 목표가 아니다.

그런 건 영화 속 주인공이나 하라지.

'꿈을 이루고 행복하게 잘 살았습니다.'

라는 건 너무 작은 이야기 아닌가?

골방에서 강한 헌터가 될 거야라고 말하던 초라했던 내가 더 큰 꿈을 꾸고 있었다.

간이 배 밖까지 나와서 그럴지도 모른다.

그래도 목숨까지 걸고 각성을 해냈으니, 그 이상을 바라볼 뿐이다.

두근—

내 심장이 바라는 쪽으로 움직일 뿐이었다.

어마어마한 크기를 가진 거대 길드, 그리고 그걸 넘는 걸 만들어 보려 한다.

아등바등해서 올라갈 수 있는 최고의 자리에 올라갈 것이다.

그래서 운이철을 깨운 그날부터 바쁘고, 복잡하게 움직이고 있는 거다.

그런데 그게 쉽게 되겠나?

그 과정이 쉬울 리도 없다.

열심히 해도 까딱 잘못하면 뒤통수 맞고 골로 갈지도 몰랐다.

쉽게 말해 내가 거대 길드 세우겠다고 하고 있는데, 다른 거대 길드가 코 파고 가만 바라보기만 하고 있을 리가 없잖은가?

헌터 짓도, 길드 운영하는 것도 다 밥그릇 싸움이다.

지금이야 내가 공격대 수준이어서 넘어간 거지.

길드 수준으로 키우면 그때는 견제가 안 들어올까?

쉽게 말해 암살도 당할 수 있었다. 방해도 어마어마하게 들어올 거다.

'그래서 방송에 출현한 거지. 효과가 과연 얼마나 될지

는 모르겠지만.'

일종의 보험이다.

이름이 알려지고, 얼굴이 알려지면 그나마 한 번쯤 견제를 할 때에 생각 좀 해 보겠지 하는 보험.

혹은 어지간해서는 대놓고 방해는 하지 못하도록 하기 위한 보험이었다.

내 성격에는 전혀 맞지 않는 일이지만.

예전 하급 헌터 시절 때처럼, 불가마에서 협박하고, 원룸 주인 놀리듯 할 수 있는 일의 수준이 아니었다.

'그건 이제 와선 너무 유치하지.'

이제는 민망해서 그런 거 하라고 해도 못 할 거다.

헌터 전체, 아니 나라를 상대로 제대로 갑질 하려면 더 치밀하게, 크고 넓게 설계를 해야 했다.

그러니 지금까지의 준비 과정이 복잡한 거다.

그래도 역시 안 하던 짓을 하려니, 내심이 복잡하기는 하다.

아까 들었던 그 '예언'이라고 하는 것도 거슬리고 말이지.

'뭔가 분명 있어.'

방송은 분명 보험을 들자고 했던 일인데, 생각보다 규모가 커진 느낌이다.

예상 밖 일이라 좀 멍해진 느낌?

그 와중에도.

"자자, 우선은 움직이지요. 기자들도 올지도 모릅니다? 사건이 일어났으니까요."

"하, 그러죠. 싸게 싸게 움직이자고요."

운이철은 한참 놀리더니 쉴 새도 없이 재촉을 한다.

그로서는 바로바로 움직이고 싶은 거겠지?

레이드를 하고 나서 쉬는 때에도 이 준비를 하려고 매달리고 있었으니까.

그도 나처럼 쿵쾅쿵쾅 몸이 달아오른 게 분명하다.

"가죠, 그럼. 다 때려 부수러."

"하핫, 역시 그게 가장 편하죠!"

서둘러 운이철이 가리키는 차에 탔다.

새 차의 향기가 물씬 풍겨온다. 공격대 이름으로 새로 뽑은 차다. 일종의 첫 차지.

새 차여서 그런지 역시 좋다.

운전자는 당연히 운이철이었다.

운이철로서는 어서 면허 따고, 공격대장으로서 체면도 생각해서 좋은 차도 뽑으라고 하는데 알 게 뭔가.

'지금처럼 기사가 태워주는 차가 좋지!'

면허가 없으니 이렇게 공식적으로 운이철도 부려먹을 수

있는 거 아닌가! 기사로서!

"흐흐. 운 기사, 어서 출발하지?"

"……네."

"어허이, 답은 바로 해야지!?"

아까부터 나를 건드리는 거 같아 괜히 장난을 쳐보려는 나였다.

헌데 상황이 어째 내가 아니라 운이철에게 유리하게 돌아갔다.

"자꾸 이러시면 저기 기자 오는데 출발 안 합니다!?"

그의 말대로 기자들이 달려오는 게 보인다.

방송국 주변이어서 그런가. 참 빠르게도 온다.

'대기 탄 건가. 젠장.'

사건 하나 터졌으니, 기사라도 하나 내보려 저러고 달려오는 거겠지.

아무리 바보 같은 나라도 이런 사건이 터지면 머리 복잡해지는 건 안다.

"아! 알았으니까 어서 출발해요!"

"크흠…… 원래 운 기사가 좀 느립니다."

"푸훗."

이서영의 해맑은 웃음은 일단 넘기고. 재빨리 외쳤다. 아니 사정사정을 했다.

"어서 가요! 어서! 기자들은 싫단 말입니다!"

"에이. 누가 보면 톱스타인 줄 알겠습니다?"

오십 미터쯤 떨어졌는데도 강화된 안력으로 잘도 보인다.

눈이 시뻘게져서 특종이다 싶어 달려오는 기자들의 기세는 언뜻 보면 몬스터들과 비슷했다. 몬스터나 할 법한 시뻘건 눈빛을 하고 달려온다.

저게 바로 특종의 노예, 자본주의의 실체인 건가?! 아니 자본주의가 낳은 괴물인가!

스타가 이혼하면 이혼한 집, 현관문 앞에서 진을 치고 있는 게 기자라는 사람들 아닌가!

이럴 때는 역시 튀는 게 상책이란 건 상식이다.

"제바알!!"

"후후, 다음부터는 그런 말 안 하실 거죠!?"

"예이, 예이. 그러겠수다!"

"그 말 접수했습니다!"

부아아앙—!

그제서야 차가 달린다. 새 차의 시원한 엔진음도, 멋진 승차감도 지금은 중요한 게 아니었다.

'후아······.'

무시무시한 기세로 달려오는 기자들의 모습이 무서울

뿡!

 분명 눈 마주쳤다고? 저 기자 양반들. 잡았으면 인터뷰니 뭐니 하며 어마어마하게 달라붙었을 거다!

 몬스…… 아니 기자들을 제치고 그렇게 한바탕 소동을 만들어낸 방송 일이 끝났다.

 그때의 그 일이 얼마나 많은 파급력을 만들지는 상상도 못 한 채로, 그저 움직일 뿐이었다.

 바로 다음을 향해서.

 나는 계속 달린다.

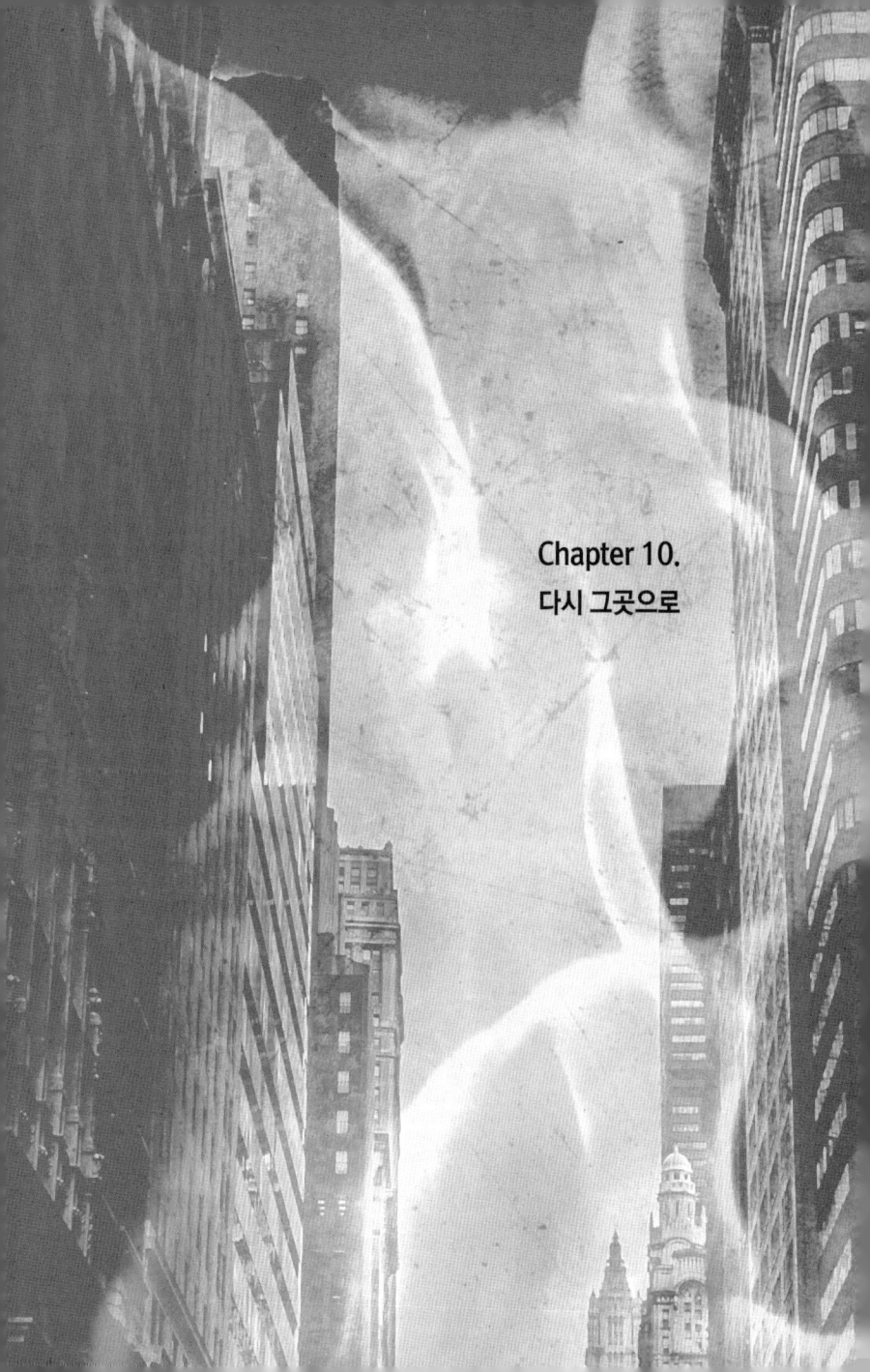

Chapter 10.
다시 그곳으로

최악이라 생각했는데 더 최악도 있었다.

서울의 중심부에 있던 방송국. 그 방송국을 지나 서부로 향했다.

안산, 부천, 김포. 시흥, 광명.

여기를 흔히 경기 서부라 하지 않나.

내가 가는 쪽은 김포 쪽이다. 인천하고 인접한 곳이기도 했다.

일종의 인천과 김포의 접경지랄까.

김포의 서부 해안선 쪽으로 향하면 몬스터 밭이다, 밭.

말 그대로 몬스터의 영역이나 다름없게 되니 어쩔 수 없는 일이다.

하기는 광역시였던 인천도 지금은 폐허가 곳곳에 있지 않나.

다른 곳은 더 막장인 곳도 있다는 걸 생각하면 그나마 사람이 사는 중심지라도 있다는 게 다행이다.

서울만큼은 아니지만 나름 방어를 잘한 거라고도 할 수 있겠지.

그래도, 이제 슬슬 나아질 때가 되지 않았나.

나름 잘 막았는데 경기 서부도 이제 슬슬 발전을 해야 할 때 아닌가 이 말이다.

'그런데도 최악이네.'

웨이브가 지나고 나서 그 흔적을 치우지도 못한 건지, 다시 온 경기 서부는 더 엉망이었다.

그때도 그랬지만 지금은 폐허 위에 다시 폐허가 얹혀진 느낌이다.

몬스터가 나오기 이전의 시대를 생각해서야 안 되겠지만, 이건 너무 엉망이었다.

전에 해구마를 잡기 위해서 왔었던 그곳. 그나마 있던 몇 개의 건물이 또 무너져 있었다.

'이거 참 선택을 잘한 건지 모르겠어.'

그 모습을 보고 있자니 괜히 입 안에 모래가 텁텁하니 찬 느낌이다.

지나오면서 본 풍경에 입에서 까끌까끌함이 느껴지는데,

끼이이이익—

운 기사, 아니 운이철이 몰아온 차는 목적지에 도착하자 잘도 멈췄다.

새 차여서 승차감은 좋은데, 끽소리가 나는 걸 보면 운이철이 운전에 있어서는 꽤 과격한 성격일지도?

'그래도 베스트 드라이버지.'

목적지까지 잘만 태워주면 다 베스트 드라이버인 거다.

하여간 중요한 건 그런 게 아니었다.

'여기지.'

이곳의 의미가 남달라서 그런지 보이는 풍경이 폐허인 선 역시 좋지 못했다.

여길 보고, 저길 봐도 역시 폐허다.

어느새 주차를 하고 옆에 선 운이철도 표정이 비슷했다. 그도 좋은 표정은 아니다.

"이곳에서부터 일 좀 크게 키우려고 했는데, 이거 참 어디서부터 손대야 할지를 모르겠네요? 그죠?"

"처참하기는 하네요."

내 말에 운이철도 수긍했다.

그래도 그는 금방 머리를 굴려 계산을 하는 듯했다. 이내 계산이 끝났는지, 다시 입을 열었다.

"흠…… 안 그래도 계산한 것보다 돈이 더 나갈 거 같긴 하네요. 꽤."

"으. 결국 또 돈이긴 하네요. 당장은 우혁이 놈한테 빚만 느는군요."

"처음 시작이 다 그렇죠. 우리 금수저 아니잖습니까?"

"쳇……."

이런 곳에서 무슨 의미를 찾냐고? 왜 돈을 계산하는지 모르겠다고?

이곳 경기 서부가 해구마를 잡았던 그 장소여서가 아니다.

똥꼬를 찌르던 그 기분은 요즘도 가끔 느끼긴 한다. 언제까지고 매우 강력한 공격이다.

하지만 항문 공격이 아무리 강력한 공격 중 하나라 해도 그걸 내 추억이라고 할 수는 없지 않나!

물론, 이서영과 그 숙소에서의 '일'은 지금도 얼굴이 벌게질 일이긴 하지만!

아쉽게도(?) 다른 이유가 있어서였다.

'이곳에서 시작할 거니까.'

본격적으로 일을 벌이기 시작하는 지금.

이곳 경기 서부를 터로 잡기로 했다.

범죄 조직을 제외하고는 거대 길드들이 딱히 없다 싶을 이곳을 적당한 후보라 생각해서다.

그러니 의미가 생기고, 돈을 계산하는 거다.

어째 내 터이자 내 땅이라고 생각을 하니 마음가짐이 달라진달까.

그러니 상태가 좋지 못한 이곳 상황을 보고 내 기분이 좋을 수가 없었다. 이곳에 살던 사람도 아닌데 없던 애향심이 다 생기는 느낌이다.

그 느낌을 잔뜩 느끼면서, 안내를 부탁했다.

"흐아. 일단은 그 봐뒀다는 건물부터 가 보죠?"

"얼마 안 가면 됩니다. 저기죠. 계약도 다 해놨습니다."

우선 운이철이 가리키는 건물, 그곳을 향해 갔다.

* * *

그의 말대로 정말 우리가 새로 터로 삼을 건물은 멀지 않은 곳에 있었다.

"크흐……."

감탄해서 나온 소리가 아니다. 속이 쓰려 나온 소리다.

이 건물. 삼 층 정도 되는 건물인데, 다른 곳과 다르지 않았다.

건물 형태는 겨우 유지하고 있는데 폐허에 가깝다는 소리다.

정우혁 놈이 안가라고 해서 폐건물 같은 곳에 안내할 때 한참 놀렸는데, 내 앞에 있는 건물이 딱 그 꼴이다.

창문도 창틀만 있다. 어떤 건 유리가 깨져 구멍에 거미줄이 술술 차 있다.

'아, 그래도 정우혁 건 창틀도 없었으니 이쪽이 좀 낫나.'

하기는 창틀이 중요하랴. 귀신 나오는 명소라고 해도 믿을 듯하다.

이곳저곳 부서져 있는 게 가득이다. 폐허처럼.

그나마 처음 공사를 할 때 기초 공사를 잘해 놓은 건지, 건물의 형태는 용케 지키고 있었다.

'어째 뿌듯하기가 힘든데.'

내가 처음 원룸을 구할 때만 하더라도 그 작은 원룸에 거실이 하나 있음에 감사하고, 행복해 했건만!

어째 여기는 볼수록 뿌듯함보다는 어째 한숨이 비어져 나온다.

혹시 착각일까 싶어 물었다.

"우아, 여기가 정말 사무실이 되는 겁니까? 잘 곳도 되고요?"

"그래도 형태는 좋습니다. 지하로 일 층에, 지상 삼 층 아닙니까. 숙소 잡고, 사무실 잡고. 그리고 주차장은…… 그냥 주변 쓰면 되겠는데요?"

"……말이야 쉽네요."

전에 허웅이 말한 대로 사무실도 차차 구해야 하지 않았나.

사람이 생기니 숙소 잡는 것도 돈이니까.

그런데도 여태까지 사무실을 구하지 않았던 건 바로 지금 때문이었다.

여기 경기 서부에 터를 잡으려면 사무실을 두는 것만큼 확실한 방법도 또 없었으니까 미뤄둔 거다.

'분명 생각은 좋았는데…….'

역시 선물이라고 해도 구한 게 이런 폐건물에 가까우니 확하고 기분이 좋을 수가 없다.

'빚으로 사서 그런가.'

참고로 이 건물. 레이드로 번 건 따로 써야 할 곳이 많아서, 정우혁한테 빚진 돈으로 산 거다.

무이자라지만, 아직 완전히 내 건물은 아니란 거지!

"차라리 우혁이 놈한테 빚 안 갚는다고 배 째고 이 건물 줄까요?"

"……그건 사기 아닙니까. 그래도 좀 땡기긴 하네요."

"역시 그렇죠?"

"예."

멍한 정신으로 대화하는데 끼어드는 목소리.

"둘 다 장난 그만해요!"

"네이, 네이."

이서영이었다.

그녀는 그래도 이 건물이 마음에 드는 듯했다. 대체 어디가 마음에 드는 건지는 모르겠지만, 우리보다는 좋게 보는 건 확실하다.

그녀의 말대로 장난은 일단 그만하고 진지하게 일 이야기를 시작했다.

"그나저나 여기 공사는 언제 들어간답니까?"

"당장 오늘 들어갈 겁니다."

"빠르네요?"

"예전부터 계획은 정말 잘 잡지 않았습니까. 빨라야죠."

"후우. 그때를 정말 기대해야겠네요."

내가 참 특이하게 사는 거 같기는 하다.

보통은 건물주가 되면 삐까번쩍한 건물을 보고,

"오오!"

하고 소리를 치고 행복에 겨워야 하지 않나.

근데 어째 나는 건물도 귀신 나올 법한 폐건물부터 시작이냐.

그래도 긍정적으로 생각해야겠지?

빚더미고, 폐허고, 공사는 해야 한다지만.

'일단은 내 건물이잖아. 아니, 빚만 갚으면 완전 내 건물이지.'

계속 보다 보니 아름답다란 말도 있지 않나.

이럴 때 쓰는 건 아니지만, 긍정적으로 보자니 없던 정도 아주 티끌씩 생기는 느낌이다.

스스로 세뇌하며 콩깍지를 만들어 간달까. 페인트칠이 벗겨진 건 빈티지고, 거미줄은 환경친화적인 거라 생각하자. 크흐.

'나쁘진 않아. 그래도 이게 어디야.'

장난도 좀 치기는 했지만, 차차 있다 보면 정 붙겠지.

하기는 폐허로부터 시작하면 어쩌랴.

그 오래전. 해구마를 잡자고 하급헌터로서 오던 그때.

난 아직 땟국물 묻은 어린아이한테 돈 몇 푼을 쥐어줄 때 가졌던 그 마음을 잊지 않고 있다.

그때는 내가 생각해 놓고도 얼토당토않은 생각이라 했지만, 결국 여기까지 왔지 않나?

내가 혼자 몸으로 여기까지 왔듯이, 이 폐허를 다시 멋진 곳으로 만들면 되지 않겠나.

그러려고 이곳을 터로 잡은 것도 있으니까.

'그래 이 폐건물이…… 멋진 곳이 될 때가.'

내가 잘나가는 증거 중에 하나가 되겠지.

그때까지 더 힘내면 된다. 터라도 잡았으니 됐다.

그러니 우선은 건물을 확인했으니, 바로 그 다음을 생각했다.

"바로 다음으로 가죠?"

"안내하겠습니다."

이심전심일까. 운이철의 눈도 빛나고 있었다. 아주 진지하게.

나도 그와 같은 눈을 하고 있겠지.

그와 나, 둘이서 큰 선택을 위한 밑거름을 그려 나가고 있으니까.

*   *   *

건물을 확인하고. 오래 전 왔던 그 숙소의 옆에 짐을 꾸려 놓았다.

다음으로 온 곳은 바로 카페이자 펍.

한가로움을 즐겨서가 아니라 약속 장소가 이곳이기에 기다리고 있을 뿐이었다.

"후후. 오랜만의 여유 같네요."

"그렇죠."

그 사이 이서영이나 운이철은 오랜만에 여유를 만끽하고 있었다.

비록 폐허 위에서의 여유지만 나쁘지는 않은 여유였다. 길게 늘어지면 게으름이겠지만, 짧은 여유는 역시 나도 좋다.

나도 한껏 그 여유를 즐기면서, 그와 함께 나름의 기대를 하고 있었다.

'치고 부수는 게 제일 단순하고 좋아, 역시.'

곧 있으면 올 녀석들에 대한 기대와 더불어서, 그 후로 해야 할 일이 있으니 기대를 안 할 수가 있겠는가.

"애들은 언제 도작한납니까?"

약속 시간인데도 오지 않아서 괜히 물어보려니.

"여어! 왔다!"

익숙한 목소리가 들려온다. 허웅이다.

오랜만에 보는 건 아니지만, 그가 한 장비는 처음 보는 거였다.

멋짐 그 자체!

지난 레이드에서 얻은 재료들과 부산물들로 얻은 돈을 때려 박아서 얻은 장비를 입은 허웅은, 허웅 주제에 꽤 있어 보였다.

 그 부실한(?) 허웅을 있어 보이게 만들 정도의 장비라니. 꽤 대단하지 않은가?

 '성능도 장난 아니겠지.'

 장인 어른 한철에게 꽤 비싼 돈을 들여서 여태껏 기다려 받은 장비다.

 "오오, 드디어 받았냐?"

 그것도 오늘!

 "멋지지 않냐!?"

 "개뿔이! 내 거나 내놔 인마!"

 "쳇. 하여간에 이쁜 놈은 못 된다니까. 받아라."

 턱—

 허웅이 허리춤에 가지고 있던 공간 장치를 꺼내서 던졌다.

 '새로운 보물이다. 흐흐.'

 쯔와압—

 기대를 하면서 장치 안에 있는 장비를 꺼내어 들었다.

 "그렇게 좋냐!?"

 허웅의 괜한 핀잔에도 나는 더 말을 할 수가 없었다!

* * *

"와……."

감탄성이 절로 나온다. 이걸 보고서 감탄을 하지 않으면 그게 더 이상했다.

"생각 이상으로 멋지네."

새로운 무기다.

본래 쓰던 검에 이어서 같이 쓰일 수 있을 무기들이다.

기다란 상자 안에는 지금 사용하는 검을 축소해 놓은 듯한 것들이 들어 있었다.

가운데 주작이 새겨져 있고, 재료 덕분인지 불그스름한 빛을 띠지만 본래 쓰던 것과 비슷한 디자인을 가진 단검이다.

'사이클롭스 가죽과 히드라이 이빨이 베이스였지.'

한철에게 부탁해서 우선적으로 만들어진 무기.

꽤 오래전부터 준비해 온 장비기는 하지만, 이제야 받으니 감개무량하다.

'많은데? 흐흐.'

본래는 두 세트를 원했지만, 한철이 만들다가 잔뜩 흥분이라도 한 건지 수량이 더 많았다.

세어 보니 총 열 개의 단검이 들어가 있었다.

'아직은 다 사용하지도 못할 텐데. 그래도 좋군.'

불검을 주력으로 쓰지만, 아직까지도 불단검을 날려대는 내가 아닌가.

그런 나를 위해서 만들어진 이 단검들은 주력인 검에 이어서 꽤 중한 무기들이 될 게 분명했다.

'실험도 나름 해 봤으니까.'

주력인 검을 이용해서 몬스터들을 상대하고, 단검들에 불을 씌워 날려 보낸다.

기본적인 전략 변화다.

꽤 먹힐 방법이지 않나?

지금까지도 잘해 왔던 방법이기도 했다.

다만 무기를 넣었으니 전보다 더 효율이 좋을 것은 분명했다.

불에 관한 지배력이 높아지면 높아질수록, 불을 사용하고 뿜어대는 위력도 증가하는 나니까.

갈수록 더 위력적으로 변하겠지.

주력검을 사용하면서도 한 번에 사용할 수 있는 단검의 수가 더 늘어날지도 몰랐다.

그때가 되면 검을 휘두르는 그 사이에도, 내 주변에 있는 단검이 휘휘 돌아가며 따로 멀리 있는 적들을 상대할 수 있는 수단이 만들어질 거다.

지금까지와 많이 달라 보이지 않을 수도 있지만, 장비가 있으므로 내 공격력이 더 강화되는 걸 생각하면?

한 번에 조종할 수 있는 단검의 수가 늘어나면 늘어날수록, 불의 지배력이 높아지면 높아질수록 내 위력이 더 강해질 것은 불 보듯 뻔한 일이다.

'좋다.'

상상만 해도 짜릿하다. 나도 모르게 몸이 부르르 떨리는 느낌이다.

어서 달려가서 몬스터를 상대로 시험을 해 보고 싶을 정도다.

오랜만에 느끼는 뿌듯함이다.

"짜식. 완전 신났네."

"당연히 신났지."

괜히 부러워서 투덜거리는 처웅의 핀잔에 살짝 답해주고는.

쯔와압—

두 개의 단검만 허리춤에 따로 차고 나머지는 넣었다.

아쉽지만, 당장 모두를 가지고 다닐 수는 없으니 하는 조치였다.

그래도 그것만으로도 전보다는 훨씬 든든해진 느낌이다.

새로운 전략과 힘이 머릿속에서 계속해서 그려진다.

받기 전에도 계속해서 생각나는 것들이 있었는데 받으니

더욱 많이 그려지는 느낌이다.

좋아서겠지.

나도 모르게 웃음이 비죽비죽 나올 정도다.

건물을 봤을 때도 이런 웃음은 안 나왔는데, 단검을 받았다고 이러다니.

어느샌가부터 나도 모르게 전투광이 되지 않았나 싶을 정도다.

그만큼 좋았다.

비죽비죽 나오는 웃음을 참으며 허웅을 바라봤다. 그리곤.

"어서 출발이나 하자."

"새끼. 진짜로 좋았나 보네. 알았다. 애들도 잔뜩 기대하고 있더라."

장비는 내 것만이 아니었다.

내 것만 만들었다면 레이드가 끝나고 한철이 한동안 바빴을 리가 없지 않나.

우리 쪽도 돈이 무지막지하게 들어갈 리는 더 없었고!

나만큼은 아니지만 공격대의 애들도 분명 장비가 업그레이드됐다.

자세한 건 이따 보고.

당장 중요한 건 출발이었다.

"아무렴! 자자, 다들 준비는 됐지?!"
"예!"
대답도 우렁차서 좋고. 다들 새 장비 쓸 생각에 잔뜩 설레는 모양이다. 그러니.
"출발하자!"
나를 필두로 모두가 다시 움직이기 시작했다.

* * *

멀지도 않았다. 금방 사냥터 입구에 도착했다.

경기 서부.
이곳에 처음 와서 해구미를 사냥했던 나 아닌가.
꽤 익숙한 편이다.
익숙한 사냥터 입구에서 달라진 거라고는 하나.
'이번에는 덩치들도 어째 안 보이는데?'
보초라도 서듯이 있던 덩치들이 안 보인다는 정도다.
본래는 두셋이라도 떡대만은 일류인 덩치들이 이곳을 지키고 있곤 했는데 지금은 없다. 한가해 보일 정도다.
순간 그것만으로도 직감했다.
'뭔가 있군. 일이 있는 게 분명해.'

전에 운상을 상대해 줘서 그런 걸까? 그와 더불어서 많은 헌터들을 처리했지 않나.

아니면 나와 원한이 있는 조직에게 무슨 일이 있는 걸까?

하기는 당장에 그런 건 중요한 게 아니었다. 어차피 일을 벌이다 보면 알게 될 일이었다.

그런 건 작은 궁금증으로 넘겼다.

사냥터 입구에서 보초들에게 통과 서류를 넘기는 동안에. 잔뜩 설레어 있는 공격대원들을 바라봤다.

다들 내 말을 기다리는 기색이었다. 기대에 부흥해 줘야겠지?

"슬슬 꺼내라고? 다들 쓰고 싶어서 안달이구만."

"예!"

"알겠습니다!"

처억. 척.

다들 몇몇의 공간 장치에서 무기들을 꺼낸다.

방어구들이야 먼저 착용을 했지만, 무기들은 일부러 지금 꺼내는 거였다.

그게 꽤 장관이었다.

그 허웅마저도 꽤 듬직한 헌터로 보이게 하던 방어구들.

거기에 딱 맞춰진 무구들이 꺼내지니, 한 쌍의 세트가 턱하니 만들어진다.
 척 봐도 방어구와 무기가 한 세트인 게 보일 정도다.
 이능력자들마다 무기의 종류가 각자 다른데도 통일성을 가진 걸 보면 꽤 대단했다.
 '역시 덕후가 일을 하면 잘 한다고 하더니……'
 장인 한철의 실력이 한껏 발휘가 되기라도 한 걸까.
 무기들은 부팔룬들의 뿔이 베이스, 방어구들은 적든 많든 사이클롭스와 히드라의 가죽들을 넣어서 만든 것들이다.
 히드라의 이빨을 섞어서 만든 내 것.
 지금도 한철의 손에서 만들어지고 있는 내 다른 장비들보다는 못한 것들이지만, 위력이 낮지는 않은 것들임은 분명했다.
 대원들도 그걸 알아선지, 눈이 반짝 반짝 빛난다.
 뿌듯한 거겠지.
 자신들이 구한 재료들을 기본으로 해서 만들어진 것들이니 왜 안 뿌듯할까.
 나도 처음 커스텀 장비를 만들었던 때의 기억, 지금에 와선 단검을 얻은 설렘이 있기에 충분히 공감을 할 수 있었다.
 "호호. 그렇게 좋냐?"

"예! 좋습니다!"

그 수줍음 많은 이박도, 힘껏 좋아할 정도다.

그나마 하나 괜히 거슬리는 게 있다면야.

'어째 작게 새겨진 마크들이 다 주작이냐······.'

다른 장비들 모두 주작이 새겨져 있다는 거 정도?

이건 내가 따로 부탁한 것도 아닌데, 어째 모든 장비에 주작을 새겨 놨다.

그게 꽤 멋들어지기는 한데, 처음부터 주작을 원했던 것은 아닌지라 약간 의아하기는 하다.

우선은 그게 중요한 게 아니겠지?

"통과입니다!"

서류를 확인한 보초가 외치자마자, 우리들 모두 바로 움직이기 시작했다.

본격적인 출발이다.

그리고 그때 새 장비에 너무도 신이 났던 우리는 보초의 눈이 묘하게 빛나는 걸 눈치채지 못했다.

* * *

기분 좋게 들어선 사냥터.

스물이 되는 인원이 움직여서인지, 당장 달려드는 몬스터는 보이지 않았다.

'초입이기도 하고.'

당장 가야 할 목표지가 아직 많이 남아서인지, 공격대원들도 심하게 긴장하는 자는 보이지도 않을 정도였다.

하기는 나름 많은 것들을 잡아 온 우리 아닌가.

사냥터 초입에서부터 긴장을 하기에는 많은 것들을 경험해 왔다.

그래도 다들 적당히 긴장은 하고 있다.

딱 몸을 굳게는 하지 않을 정도. 그렇다고 풀어지지는 않을 정도의 긴장이다.

수줍은 이박마저도 딱 적당한 긴장에 자신감까지 엿보일 정도였다.

누군가는 자신도 모르게 작게 노래를 흥얼거리기도 하고, 또 누군가는 전방을 주시하며 전의를 불태우는 게 보인다.

'좋은 분위기.'

그 중심에 있는 건 나.

다들 저런 모습을 보일 수 있는 건 내가 있어서라고 해도 과언은 아니겠지?

저들에게 공격대장으로서 부족함을 보인 적은 없었으니

다시 그곳으로 249

까.

처억. 척.

적당하니 대열을 맞춰서 걸은 지 얼마나 됐을까.

아직은 넓은 사냥터의 초입이라고 해도 시간이 흘렀으니 좀 더 안으로 들어온 건 분명했다.

이번 공격대의 목표는 아니지만.

"몬스터다."

내 옆에서 걸음을 걷던 허웅이 가장 먼저 몬스터를 발견했다.

─끄아아아앙!

익숙한 모습에, 익숙한 괴성이 들려온다.

덩치는 소만 해가지고는 미끌미끌한 피부를 가진 '그것'이 온다.

우리의 수가 스물. 놈들의 수는 넷밖에 안 되는데도 우리를 발견하자마자 달린다.

그 미끌미끌한 기름을 이용해서 움직이기라도 하듯이 덩치에 비해서 속도는 굉장히 빨랐다.

압도적일 수 있는 광경.

어지간한 하급 파티에서는 저것들을 보고 꽤 긴장을 탈지도 몰랐다.

하지만 적어도 우리는 아녔다.

"해구마네. 흐흐."

되려 애들을 긴장하게 해야 할 내가 오랜만에 보는 해구마에 반가움을 느낄 정도였다.

―끄아아앙!

거리가 점점 좁혀져 온다.

"다들 준비!"

허웅이 외친다.

탱커들이 급히 장비를 챙기고 준비를 한다.

하지만 그 모습을 보면서 되려 이 생각이 들었다.

해구마는 고작해야 우리가 거쳐 가는 상대일 정도. 저것들에게 힘을 뺄 게 뭐 있냐는 생각이 머리를 스쳐 지나갔다.

'이제 슬슬 애들에게도 알려주는 게 좋겠지.'

그렇기에, 나는 조심스레 허리춤에 있는 단검들을 불의 기운을 일으켜 꺼내들었다.

스르릉―

불의 기운을 머금은 단검이 스스로 떠오른다. 그 모습에 괜히 흥이 오른다.

"자자, 주목. 해구마의 약점을 제대로 보여주지!"

"……야, 설마!"

내 말에 허웅이 질린 표정을 짓는다.

그 뒤를 알아서겠지? 흐흐. 그래도 제대로 보여주는 게 좋지 않겠는가.

"잘 봐라. 해구마의 약점은!"

쓰아아아아앙!

내 말이 끝남과 동시에 단검 둘이 달려 나간다.

푸슈욱! 푸슉!

―끄아아아아아아아아아앙!

동시에 꿰뚫리는 해구마의 그곳!

"으으……."

허웅이 앓는 소리를 내든 말든 나는 계속해서 흥이 올라 외쳤다.

"바로 항문이다! 어떤 생물이든 그렇지만 해구마는 특히 그렇다고!"

단검으로 조임이 느껴진다. 불의 이능력이 연결되어선지, 왠지 모르게 그 촉감이 느껴지는 기분.

착각일까? 아니겠지.

'그래도 마무리는 잘해야 한다.'

어차피 이곳에 해구마는 많기에, 첫 사냥 정도는 내가 깔끔하게 끝내도 괜찮았다!

그러니 끝내야겠지.

화아아악―

내가 마음을 먹는 동시에.

"다시 한번 보여주지!"

단검이 놈들의 그것을 꿰뚫고 나온다. 남은 두 마리를 향해서 쏘아지는 단검!

─끄아아아아아앙!

─끄앙!

해구마의 비명이 우리의 새로운 사냥에 축포가 되어 울렸다!

그게 시작이었다!

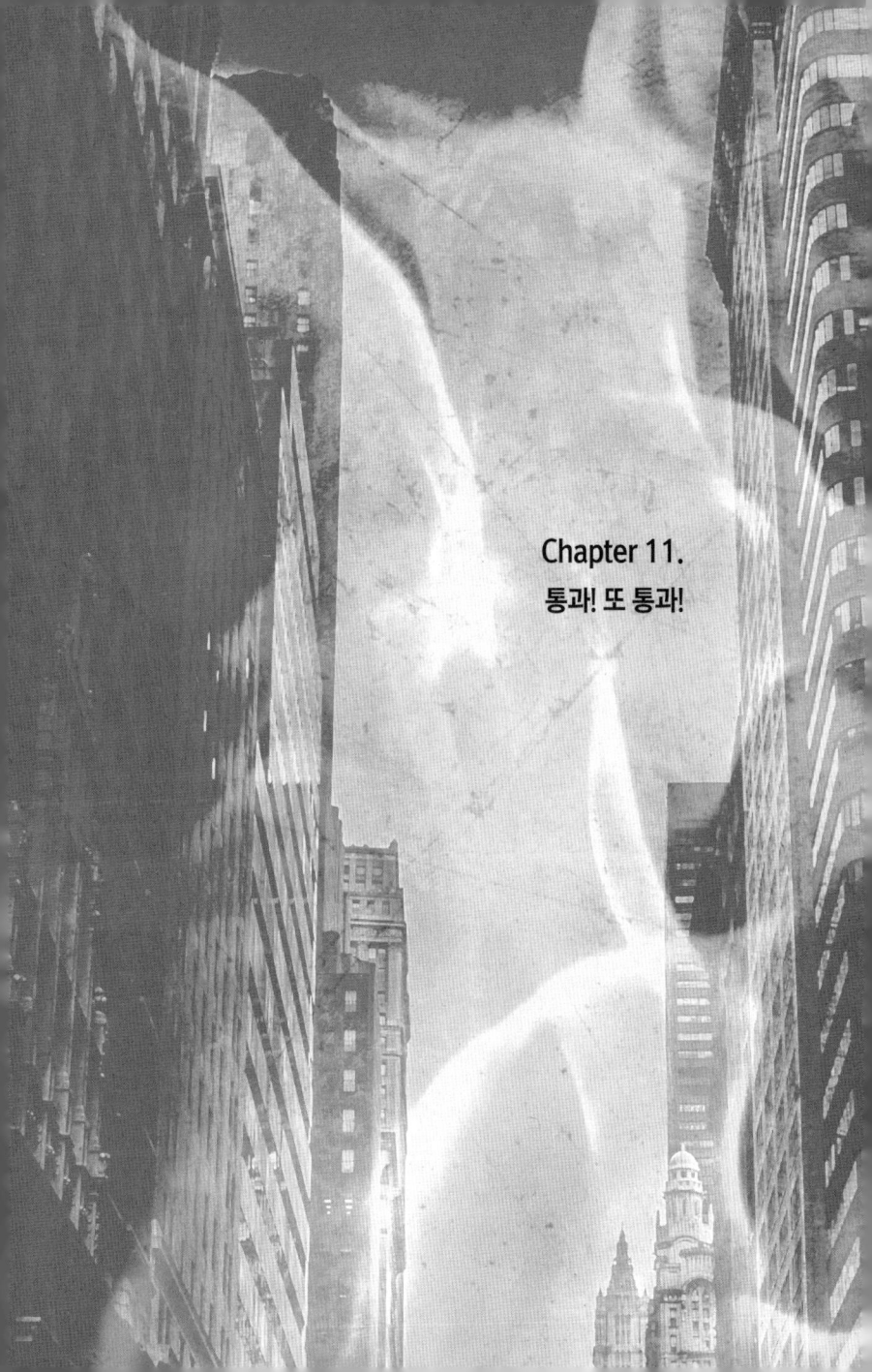

 불의 기운을 머금은 불그스름한 단검에는 아무것도 맺혀져 있지 않지만 그 처참함은 누구나 알았다.
 단순히 기운만 사용하는 걸로도 충분했는데, 물리화된 장비가 있으니 그 위력은.
 "오오."
 ─끄아아아앙!
 적어도 하급 몬스터인 해구마를 상대로는 속성을 무시하고 일격필살이 가능할 정도!
 놈은 물이지만, 내부까지 물로 이뤄진 건 아님을 아주 잘 증명할 수가 있었다.

그 덕분으로 자극을 받은 걸까.

적어도 해구마를 잡는 데 있어서는 우리 공격대원들 모두가 도가 터버렸다.

"죽었!"

"바람을 쑤셔 넣으라고!"

꽤 열정적으로 약점을 공략!

오로지 약점만을 찌르고 들어가는 우리를 막을 해구마는 어디에도 없었다.

해구마 입장에서는 지속적으로 원한만 쌓이는 셈.

몬스터인데 인간을 공격할 틈도 없이 그대로 누워 죽는 게 다일 정도였다.

하지만 그런 원한이 낳은 괴물이 있는 걸까.

─끄어어어어어어!

보통의 해구마보다 덩치가 몇 배는 되는 정예 해구마가 등장하기도 했다.

거친 음성을 내뱉는 정예 해구마의 음울함은 그동안의 쌓인 원한의 정수라도 되는 듯했다.

그 음울함에 나도 모르게 몸을 떨 정도.

아 물론 무서워서가 아니라, 굉장히 음울해서다.

하지만 정예 해구마의 음울함과는 다르게,

"오오. 정예다!"

"오오! 한탕!"

우리는 오히려 환영했다.

정예 해구마에 쫄아서 도망가기에는 우리가 쌓아 온 힘이 아깝지 않겠는가.

'이참에 운이철이 말한 대로 새로 포상도 해 볼까?'

아무리 헌터라고 하더라도 몇 푼이라도 더 번다는데 마다할 리 없다.

당장에 외쳤다.

"저 정예 해구마에 막타 넣은 사람에게는 포상으로 정석을 준다! 아, 물론 팀제로! 탱커한테는 불리하잖아?"

"우아!"

"오오오!"

팀제라는 거.

파티 단위 말하는 거다. 수련을 할 때나, 따로 사냥을 하며 돌파를 할 때 짜는 조랄까.

아직은 임시조였다.

하지만 처음 짤 때부터, 능력에 맞춰 이능력을 짰기에 효율성은 가득한 조다.

그러니 다들 저리 흥분한 거다.

"막타는 내 거다!"

"이쪽이라고!"

특히 마동수나 허웅이 난리였다.

저놈들. 연애도 안 하는 것들이 어디 돈 쓸 데가 있다고, 아주 눈에 불을 켰다.

―끄어어어!

―꾸아앙!

해구마들도 물러서지는 않았다.

음울함과 함께 기세등등하게 동료들을 데리고 우리를 향해 돌격!

자신들의 원한을 풀겠다는 듯, 달려드는 놈들의 모습은 분명 몬스터 등급을 뛰어넘는 기세가 있었다.

허나.

"찔러!"

"약점부터 노리라고!"

시작부터 장난질, 아니 약점을 치고 들어가는 우리를 아무리 정예라 하더라도 막을 수 있을까.

"웃…… 미끈미끈해! 미친……."

정예 해구마는 방어에 특화가 되기라도 한 듯, 안 그래도 미끄덩한 피부가 더 미끄덩해진 거 같기야 했지만!

"그래도 뚫어! 바람이다! 바람의 상처!"

"개소리 마!"

결국 뚫렸다! 아주 확실하게!

―끄어어어엉!

 팔을 휘두르고 꼬리를 양옆으로 흔들며 버티려 하지만, 그럴수록 오히려 그곳의 상처가 커지기만 할 뿐.

 쿠우웅!

 결국 아무리 정예라 하더라도 하급은 하급.

 급수를 뛰어 넘는 정예라 하더라도 중급도 못 될 정예 해구마는 쓰러질 수밖에 없었다.

 그게 약점 잡힌 놈의 한계다.

 이래서 다 어른들이 약점 잡히지 말고 살라고 하는 거다. 한순간에 훅 가니까.

 '인간이나 몬스터나 약점 잡히면 한 방이라니까.'

 쓸데없는 개소리를 남기면서도 충분히 움직일 수 있을 정도로 여유가 있는 상황.

 "이대로 전진! 오늘 여기는 아예 뚫는다!"

 "바로 다음까지 쭉 가야 하니까 계속 가!"

 일직선으로 해구마 사냥터를 지나가기 시작하며, 순식간에 돌파.

 그 다음으로 나오는 것들이 붉은 리자드맨이었다.

 이놈들도 운상 패거리의 패악질 때문에 어쩔 수 없이 잡던 몬스터였다.

 그리고 여기서 불빨을 한껏 받으면서 운상에게 첫 복수

를 할 수 있었기도 했다.

'오늘의 목적지지 여기가.'

오늘은 여기까지 뚫는 게 우리의 목표였다.

다른 이유는 아니고 우선 임시 근거지를 잡기 위함.

며칠을 머무를 근거지를 잡으려면 주변에서 제일 강력한 것을 잡는 게 좋겠지만, 하루만 머무를 곳을 만드는 데는 붉은 리자드맨을 처리하는 걸로 충분했다.

'겸사겸사 청소도 하는 거고.'

전이라면 어렵사리 몇몇 무리만 돌아다니는 걸 사냥하겠지만 지금은 아녔다.

"바로 전진!"

화아아악—

운이철의 버프까지 받고 움직이는 우리는 겁낼 것도 없이 본거지를 향해서 뛰었다.

안 그래도 넘치던 자신감을, 은은하게 빛을 내는 운이철의 버프가 받쳐준다.

'한 시간 정도인가.'

운이철의 버프에 대한 숙련도는 그 사이 꽤 오른 터.

전에는 단시간에 한 방에 버프를 넣거나, 한 사람에게 몰아넣는 버프를 주로 썼다면 지금은 더 추가됐다.

버프의 위력은 당장 약해도, 한 시간 정도는 유지되는 장

시간 버프도 사용할 수 있게 됐다.

그것도 단체로!

이 정도의 버프는 한 시간이지만, 순간적으로 등급 하나 정도씩은 올려줄 만한 버프는 됐다.

가령 C급 헌터면 C+급 헌터 정도의 위력은 낼 수 있다는 소리다.

그야말로 사기적인 능력.

'아직 각성도 완전하지 않다고 했으니, 다 각성하면 더 사기일지도 모르지.'

그런 그의 사기적 능력을 기세로 삼고.

쿠웅— 쿵— 쿠웅—

우리는 스물밖에 안 되는데도 군대라도 되는 듯, 기세를 숨기지 않고 전진을 했다.

―끼야아아아아악!

―끼약!

붉은 리자드맨 무리도 같이 나선다.

해구마를 잡아먹기 위해서 몇 마리씩 사냥조로 나서는 규모 정도가 아녔다.

본거지가 그 정도일 리가 있겠는가.

사냥조, 새끼, 암컷, 정예, 주술사.

가리지 않고 온다. 그런 것들이 단체로 덤벼든다.

그 모습이 꽤 위력적인 데다가 하나의 군대가 움직이는 것과 같은 장관을 만들어 냈다.

우리도 기세에서 밀리는 것은 아니지만, 숫자만 놓고 보면 놈들의 모습은 가히 압도적이었다.

온 종족이 훈련받은 군인이라도 되는 듯 달려든다.

"뚫어!"

그들을 피하지 않는다.

콰아앙— 콰앙—!

탱커들이 부딪친다. 가장 먼저 부딪치는 그들은 결코 밀리지 않았다. 되려 밀어붙였을 뿐.

힘과 힘에서 절대 밀리지가 않았다.

콰즈즈즈즉—

그 뒤를 딜러들이 받쳤다.

탱커의 부딪침에 곤죽이 되거나, 곤죽은 되지 않더라도 당장 밀리는 것들은 기다리듯 공격을 쏘아내는 딜러들에 무너졌다.

한철이 만들어 준 새 무기와 장비 덕분으로 위력은 배가 된 우리의 공격에 그대로 갈려버린다.

—끼야아아아악!

놈들도 반항을 한다.

나름 머리를 쓰기도 했다. 강한 방어력을 갖춘 탱커를 무시하고, 상대적으로 약한 딜러들을 향해 공격을 시도했다.

하지만.

"으차차. 그 정도에 밀리지는 않는다고!?"

한철이 만들어 준 방어구 덕분으로 적어도 몇 번 정도의 공격을 막을 수 있는 딜러들이다.

아니, 그 이전에 그들이 가진 이능력이 붉은 리자드맨에게 쉽게 잡힐 정도가 아녔다.

―끼야악!

대부분의 딜러들은 나처럼 쉽게도 붉은 리자드맨의 공격을 피해댔다.

아무런 타격을 입히지 못한 붉은 리자드맨들이 이번엔 힐러들이나 원거리 딜러들을 노렸지만, 그들에게는 다른 탱커들이 모두 앞서갈 때 끝까지 남은 그녀가 있었다.

이서영.

처어어억―

철벽 그 자체. 그녀는 말 그대로 철로 된 벽을 소환해 냈다.

방패가 크기를 키우면 벽이 될 수 있음을 보여줬다.

가시가 삐죽빼죽 나온 강철의 벽!

그 벽이 힐러라도 노려 보려 달려드는 붉은 리자드맨들에게 철퇴가 됐다.

콰아앙— 콰앙— 콰아앙—

속도를 줄일 새도 없었다. 부딪치면 부딪치는 족족 그대로 가시 방패에 꿰뚫려 버릴 뿐.

그걸로 끝이 아니었다.

"하아앗!"

그녀가 기합을 넣는 순간.

고슴도치처럼 박혀 있던 강철 벽의 가시들이.

푸슈수수수숙—

꿰뚫는 것도 모자라 튀어나간다.

앞 열이 꿰뚫리는 걸 보고 주춤거리던, 붉은 리자드맨을 뚫어 버린다.

'만능이라니까.'

반푼이라는 별명으로 힐러이자 탱커였던 그녀에게, 각성체는 공격성까지 부여를 해 준 듯한 모습이었다.

그걸로 후열은 더 걱정할 필요가 없을 정도였다.

'슬슬 움직여 볼까.'

공격대의 대장으로서, 그 모든 모습을 바라보던 나. 그 옆에서 다른 일로 분주히 움직이던 운이철이 물어 온다.

"안 가십니까?"

"가야죠! 안 그래도 그럴 참이었습니다!"

타앗—

나도 몸을 띄웠다.

공중으로 몸을 띄운 나를 향해서 주술사들이 잘됐다는 듯 마법을 날려 온다.

그들의 피부처럼 새빨간 불이 날아오기도 하고, 리자드맨다운 물이 날아들기도 한다.

그게 수십 개.

놈들로서도 전력을 다한다는 의미였다. 하지만.

'저 정도쯤.'

그냥 뚫는다.

스으아아아악!

불의 기운이 맺힌 단검들이 달려드는 주술사가 날린 물들을 꿰뚫는다.

불로 물을 태워버리듯이!

날아드는 불?

"오라고!"

화아아악—

되려 내게 빨려든다. 접촉만 하면 열기도 뺏는 나인데, 원거리라 해도 불 그 자체인 걸 흡수 못 할 리가 없지 않은가!

마치 자석에 닿은 철가루처럼 내게 달려들어 일용할 양식, 아니 불빨이 되어 준다.

'좋군.'

티끌 모아 태산이라, 하나씩 놓고 보면 별거 아녀도 모두 뭉치니 꽤 큰 기운이 된다.

받은 건 돌려줘야 하지 않겠나!?

"죽어라!"

차아아아악—

불검의 기운을 늘려 순식간에 채찍을 생성. 그대로 휘두른다. 공중에서!

콰아앙!

채찍이 휘둘러지는 곳마다, 불꽃이 수놓아진다. 폭발이 일어난다.

학살의 시작이었다.

*　　*　　*

그리고 그 학살이 끝을 맺었을 때.

"오랜만이에요? 후후."

잠시 일을 맡겼던 그녀가 돌아왔다.

*　　*　　*

그녀가 임시 근거지에 도착했다.

물론 그 임시 근거지는 붉은 리자드맨 본거지를 털어버리고 만든 장소였다.

'당분간은 씨가 마른 거지.'

어디서 나오는지 몰라도, 몬스터들은 결국 이 빈자리를 금방 채울 거다.

하지만 그런 것에도 시간이라는 게 걸리니 당분간 붉은 리자드맨을 볼 일은 없을지도 모른다.

덕분에 붉은 리자드맨이 잡아먹는 해구마들도 그 수가 잠시 늘지도 몰랐다.

그들을 잡아먹는 포식자가 사라진 셈이니까.

어쨌든 중요한 건 그런 게 아녔다.

"오랜만입니다."

"짓, 그렇게 웃지 말라구요? 내가 얼마나 고생을 했는데요."

"알죠."

입술을 삐죽이기는 하지만, 여전히 아름다운 그녀.

메이드복이 아닌 전투복을 입었지만, 날렵함을 유지하기 위해서 몸에 딱 붙는 전투복을 입어설까.

'이서영 씨는 갈수록 청순해지는데, 어째 한서은 씨는 계속 섹시 쪽이라니까.'

되려 섹시함이 더 증가해 버린 듯한 그녀가 나를 바라보며 입을 삐죽이고 있었다.

삐친 게 분명하다.

같이 공격대에 들어오고도, 나와 운이철이 맡긴 일로 함께하기가 힘들었으니까.

서운하겠지. 충분히 그럴 만했다.

"에이. 그래도 다 일이 있어 그런 거잖아요? 하핫."

"웃음으로 때우려고 하지 마요. 저는 그런 거 안 먹힌다구요?"

"해야 할 일이었는걸요? 공격대를 위해서는요."

"그건 알지만…… 저만 빠지는 거 같은 걸요. 서운하다구요."

"으음……."

금방 달래면 될 줄 알았는데, 그녀로서는 단단히 삐친 게 분명하다.

내가 지은 죄가 있어서 그런 걸 어쩌랴.

하지만 사람이 아무리 추가됐어도 그녀만이 맡을 수 있는 일이었다.

다른 사람은 능력을 떠나서 그녀만큼이나 빠르게 해줄 수 없는 일이었다.

'퍼즐 한 조각이지. 아직은 아니지만, 언제고 효과를 발

휘할 만한 거니까…….'

계획대로라면 언제고 잘 써먹을 퍼즐을 위해서 그녀가 뛰어준 거다.

혼자 하기는 벅찰 수도 있는 일이지만 그녀는 꽤 잘해 줬다.

사냥에는 참여하지 못했다고 해도, 크게 보자면 그녀가 올린 공은 꽤 대단하다고 해도 될 정도다.

그러니 미안함이 생긴다.

그녀가 꽤 고생한 걸 아니까.

거기다 섭섭해할 만도 하니, 달리 할 말이 없었다.

해서 머뭇거리고 있으려니 입술을 삐죽이며 어쩔 수 없다는 표정을 짓던 그녀가 먼저 입술을 달싹였다.

"보상해 줄 거지요? 그쵸오?"

"보상요'? 그건 당연한 거 아니겠습니까. 말씀만 하시죠."

"정말요?"

"예."

어떤 걸 보상해 줘야 할까.

장비라면 한철의 딸인 그녀가 안 좋은 장비를 가질 리가 없었다.

수련에 도움을 줄 수도 없고.

'특제 메이드복이라도 선물해 줘야 하나.'

하지만 내가 알기로 메이드복을 만들고 모으는 건 메이드 덕질을 하는 그녀의 기본 소양!

어지간한 건 다 가지고 있을 게 분명했다.

대체 뭘 들어줘야 할지. 긴장을 하고 있는 그 순간, 그녀가 눈을 반짝이며 물어 온다.

"헤헤. 그러면 나중에 데이트 세 번!?"

"예? 데이트요? 아…… 그게……."

데이트라니. 이건 역시 예상외의 복병. 바로 대답을 못 꺼내고 있는 사이.

"안 돼요."

한기 서린 목소리가 들려온다.

오뉴월에도 서리가 내릴 만큼 한 서린 목소리였다.

그녀, 이서영이었다.

"핏. 이미 늦었어요. 기환 씨가 보상해 준다고 했으니까요!"

그런 이서영을 도발하듯, 한서은이 내 팔짱까지 껴 오며 혀를 내민다. 약 올리는 모습.

그걸 본 이서영의 이마에 빠직 하는 소리가 들려오는 느낌이다.

과연 착각이 아니었는지.

"후회할걸요?"

다시 한 서린 목소리가 들려오지만. 한서은은 팔짱을 낀 팔을 더 조여 올 뿐이었다.

'어쩌냐……'

어째 전에도 이런 일이 있었던 것 같은, 기시감이 느껴진다.

그때나 지금이나 나는 아무것도 할 수가 없었다.

무섭다거나, 몸이 굳어서는 아녔다.

팔에서 느껴지는 한서은의 촉…… 아니 어쨌든 그런 것들이 신경 쓰이기는 한다.

하지만, 그것과는 별개로.

'끼면 죽어.'

여기서 어중간하게 나서 봤자 일만 더 커짐을 알고 있기 때문이다.

가만있음 중간이라도 간다고, 뭘 어찌 할지 모를 때는 가만히 있는 게 나았다.

그게 한서은과 이서영 사이에서 껴서 어쩔 줄 모르는 내가 새롭게 가지게 된 노하우!

멋지진 않아도 생존은 가능했다!

해서 누군가 구원해 주기를 바라며 아무것도 하지 못하고 있는 채였는데.

"큼…… 슬슬 작전회의 해야 하지 않겠습니까?"

"오오! 운이철 씨!"

오늘 있었던 일들을 따로 정리하느라, 한참 몰두하고 있던 운이철이 구원군으로 왔다.

'이럴 땐 역시 천사!'

부려먹을 때는 그만큼 악마도 없었지만, 이럴 땐 천사이자 최고 구원군이다.

"바로 가죠!"

그의 말을 답하며 슬쩍 팔을 뺐다.

얼핏 한서은의 서운해하는 표정이 보이기는 하지만 어쩔 수가 없었다.

이서영의 한기가 최대 한계치에 도달하게 되면, 아무리 나라도 말릴 수 없을지도 모르니까!

"가죠, 가. 하핫."

분위기를 띄우듯 어색한 표정을 지으면서 앞장섰다.

그 뒤를 어쩔 수 없다는 듯.

'후우……'

하고 한숨을 쉬는 이서영.

"같이가요오."

제 페이스를 다시 찾은 한서은과 운이철이 따라온다.

임시 막사. 무려 공간 장치를 통해서 꺼내 놓은 막사 안으로 몸을 들이 밀었다.

그 안에는 잔뜩 긴장을 하고 있는 공격대의 대원들이 일부 보였다.

모두는 아니고, 각각 임시로 조를 짜서 파티를 만들면 대장급 정도 되는 자들이었다.

허웅이나 마동수, 신상철, 김태헌. 이런 식이었다.

각성자는 아니더라도 딜러, 탱커, 힐러로서 각자 자기 실력을 키우고 같은 계열 공격대원들에게 인정을 받는 이들이다.

이대로 규모를 키운다면, 간부급쯤 될 자라고 봐도 무방했다.

"오셨군요."

"그래. 공략법을 더 숙지하긴 해야 하니까."

각자 자리를 채운다.

제일 안쪽이자 상석. 그 자리를 내가 채우는 것으로 공격대원들의 회의가 시작됐다.

앞으로 잡을 몬스터에 대한 최단거리 루트.

가장 마지막 목표가 될 몬스터.

그리고 그 뒤로 이어질 일들까지 전반적으로 다루는 그런 회의였다.

이들 모두가 나의 목표를 전부 알고 있을지는 모르지만,

같이하면서 어느 정도는 짐작하고 있는 터.

그렇기에 회의의 분위기는 평소와 달랐다.

평소처럼 바보같이 구는 게 아니라, 모두가 한없이 진지하게 자신의 의견을 피력하고 나누면서 진행을 할 뿐이었다.

그렇게 레이드 첫날이 지나가고 있었다.

* * *

같은 시각.

안 그래도 어두운 분위기를 가진 곳을 더 어둡게 만드는 여인이 있었다.

주은영이다.

따악. 따. 따악……

묘한 리듬감을 가지고 바로 앞에 있는 책상을 두드리고 있는 그녀.

자신도 모르게 집중을 하고 있는지, 이마를 작게 찌푸리고서는 끊임없이 무언가에 골몰히 빠져들어 있었다.

"……."

그런 그녀를 바라보는 사내들은, 그녀의 지금 모습에 감탄은커녕 되려 긴장만 하고 있었다.

몸에 착 붙는 원피스. 보는 사람도 시원해지는 각선미. 곱게 웨이브 진 머리.

그런 것들은 그들에게 있어 단 한 점도 중요한 게 아닌 듯했다.

오로지 그녀가 리듬감 있게 반복해서 두드리고 있는 책상.

그에 이어지는 그녀의 생각만이 가장 중요한 듯했다.

절대 한눈을 팔지 않고, 그녀의 집중에 방해도 하지 않으려는 듯 숨소리도 죽여 가는 그때.

"그래. 왔단 말이지? 이쪽에 그리 일을 벌이고 제 발로 들어와?"

"그……렇답니다. 오늘 사냥터까지 바로 입장했다고 합니다."

그녀는 말 더듬는 걸 싫어한다.

두려움에 말을 더듬으려던 사내는 냉큼 정신을 차리고서는 되묻는 그녀에게 답을 할 뿐이었다.

"그래. 그렇다고. 흐으응…… 호랑이 굴에 알아서 기어 들어 와? 여기 상황을 아는 건가."

현재 경기 서부의 상황.

겉으로 보기에는 폐허만 가득할 뿐이지만, 그건 어디까지나 겉으로만 보이는 단면이다.

몬스터가 나오기 이전의 상황보다는 못하더라도, 이권이란 건 여전히 존재했다.

되려 폐허 위에 있는 이권이기에, 어두운 면에 숨겨진 이권은 꽤 됐다.

삼 일에 한 번 가능한 사냥을 끊임없이 나가는 것만으로도 돈이 된다.

여기에 엮여 있는 몬스터 사체를 판매하는 암시장은 갈수록 규모를 키워 가고 있었다.

그에 따라 얽혀 있는 불법적인 일들.

그런 것들 전부가 이권이다.

사람이 모이기만 하면 권력이 생기고 이권이 생긴다 하는데, 몬스터까지 생기게 되니 불법적인 건 되려 더욱 커졌다.

그리고 그 커다란 이권, 돈, 권력에는 당연히 부나방이 따른다.

지금 경기 서부가 그랬다.

폐허가 되고, 공권력이 무너지면 무너질수록 어둠은 더욱 자랐고.

그 모순적인 어두운 빛을 보고 모인 부나방들의 수는 기하급수적으로 늘었다.

덕분에 당장 경기 서부의 어두운 단면은 더욱 어지러워

져 버렸다.

몇 개의 조직이 나눠서 이권을 갖던 그 시절이 그리워져 버릴 만큼 복잡해졌다.

부나방들이 날뛰고, 그에 굳어져 있던 조직들이 흔들리기 시작했다.

조직이 흔들리니, 암묵적으로 지켜지던 규칙이나 이권이 전에 없이 흔들리기 시작했다.

한 마디로 난장판.

겨우 만들어져, 안정되던 판이 무너졌다.

본래의 주은영이라면 그걸 기회라 여겼을 거다. 자신의 조직을 키우고 판을 뒤흔들어 버릴 기회라고만 생각했을 거다.

하지만 악재가 몇 개 겹쳤다.

김기환이 운상과 일부 헌터를 뒤집어엎어 놓은 건 그중 일부였다.

조직원들은 알지 못하지만, 그녀의 뒤를 봐주는 자가 그녀를 되려 흔들기 시작했다는 게 가장 큰 악재였다.

'늙은이…… 다 늙어서 주제를 몰라. 곱게 늙지를 못하고. 쯧.'

덕분에 그녀의 조직은 지금의 난장판에서 세력을 키우기는커녕 지키기에도 급급했다.

그럼에도 나설 상황이 돼 버렸다.

김기환이 왔으니까.

어떤 식으로 나서서든 김기환을 징벌을 해야 했다.

상황이 복잡해도 어쩔 수 없는 일이었다.

어둠이란 것. 아니, 불법적인 일을 하는 자에게 있어서 징벌이라는 건 매우 중요했다.

한번 징벌을 하지 못하면, 고개를 박박 쳐들고 덤벼드는 놈들이 생기게 된다.

그러니 어떻게든 손해를 끼친 김기환에게 징벌을 해야 했다.

문제는.

'상황이 복잡해. 흐응…… 어찌 이용하지?'

당장 그녀의 상황.

경기 서부의 난장판. 그 안에서 김기환에게 들이밀어질 암수가 자란다.

허나 이 암수가 과연, 어찌 작용할지는 두고 볼 일이었다.

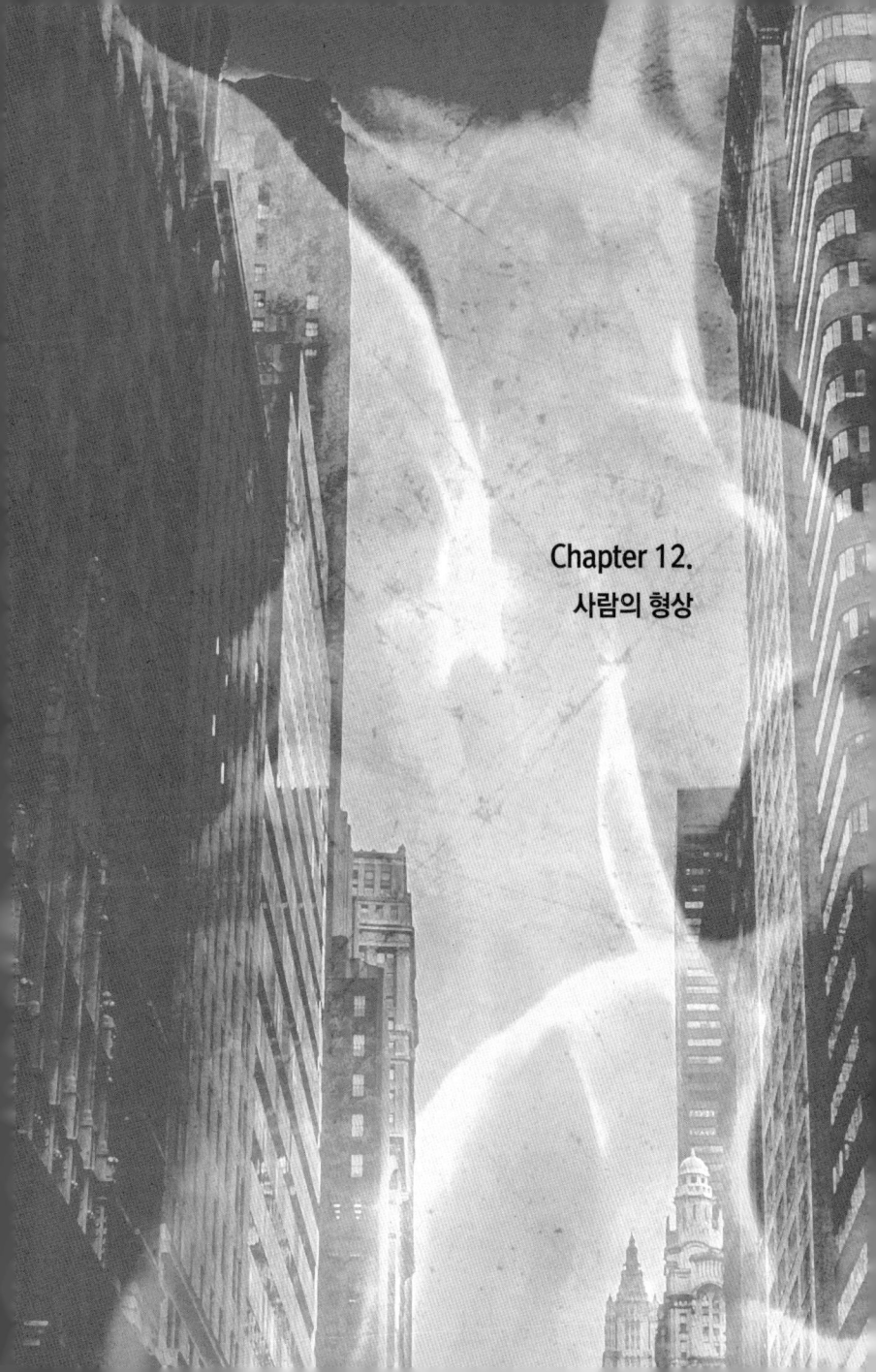

Chapter 12.
사람의 형상

뚫는 건 어렵지 않았다.

"더 가!"

붉은 리자드맨, 해구마를 뚫을 때 그러했던 것처럼 우리는 계속 계속 전진해 나갔다.

경기 서부의 특성상 하급이 몰려 있는 편이기에 더욱 쉬웠을지도 모른다.

아마 헌터 관리원이나, 거대 길드가 나섰다면?

경기 서부는 사람의 영역으로 금방 넘어 오지 않았을까?

박멸을 하고, 방벽을 쌓고. 다시금 몬스터가 오지 못하게 막고.

이걸 반복한다면, 다른 곳은 몰라도 적어도 경기 서부는 몬스터 박멸이 가능하지 않을까 하는 생각이 든다.

뭐, 내 생각이지만.

하지만 그러지 않겠지.

'사람이니까. 이득 때문이겠지.'

갑자기 몬스터가 나왔다. 많은 일반인들은 전보다 빈곤해졌다.

하지만, 헌터들은 그 반대.

새로운 상위 계층이 되었다. 그들은 몬스터가 있는 걸 반긴다면 반기는 쪽이 맞을 거다.

잔인하지만 그게 현실이다.

그렇기에 그들은 언제나 '적당히' 몬스터를 처리한다.

개개인의 헌터는 열심히일 줄 몰라도, 크게 보자면 몬스터의 영역은 거의 일정하다.

갑자기 엄청 많은 수의 몬스터들이 달려들지만 않는다면 어디까지나 적당히 몬스터의 영역을 유지시키는 느낌이다.

아니 느낌이 아니라 확실하다.

몬스터의 영역이 유지되면 되는 만큼, 자신들의 이득이 커지니 그러는 걸 거다.

'거의 확실하지.'

전국 전체는 모르더라도, 경기 서부 같은 곳을 그대로 두는 게 그 증거다.

자신의 이득을 위해서 일반인들을 폐허 위에 두는 거다.

없는 자들은 그 안에서 계속해서 위험 속에 있게 된다. 전쟁터에 맨몸으로 내몰리는 거랑 뭐가 다른가.

일반인으로서도 그나마 좀 능력이 있거나, 돈이 있는 자들은 서울로 더더욱 몰리게 되는 거고.

하여간에 더러운 현실이다.

'그 현실을 조금씩 바꿀 테지만.'

역시 역시가 아니고, 아직일 뿐이다.

아무리 나라도 당장은 첫발만 내디디고 있었을 뿐이다. 그나마 첫발이라도 내디딘 게 어디랴.

그리 생각하며 다시금 발걸음을 내밀었다.

"슬슬 마무리해. 챙기는 거 잊지 말고!"

"예!"

쿠웅—

마지막 남은 몬스터 하나가 쓰러진다. 남은 건 없다. 우리뿐.

상큼하게 전투를 마무리하고도 쉴 수는 없었다.

계속 움직여야 했다.

다른 몬스터들이 더 달려오기 전에 몸을 이동시켰다. 목적지에 도착을 하자마자 미리 준비한 것들을 꺼내들기 시작했다.

"슬슬 작업 들어가자."

"후아, 알겠다. 다들 꺼내!"

그게 시작이었다.

    * * *

거대한 동굴 앞.

환한 낮. 반대로 동굴 안은 어둑어둑하다. 밤 같다. 그 앞에 우리가 모여 있다.

나도 포함해서 다들 조심스러운 기색이었다.

힐러와 원거리 딜러들은 전부 뒤로 빠져 있는 채로 탱커와 나머지만 움직인다. 예외로 운이철도 함께기는 하다.

최대한 숨을 죽이고 움직이되, 누가 봐도 조심스러움이 느껴지는 모습으로 움직인다.

가만 그 광경을 바라본다.

'무슨 제단 쌓는 느낌이네.'

인신공양 같은 걸 하는 건 아니다.

그 옛날에는 그런 것도 실제로 했다는데, 아무리 몬스터가 나오는 막장 현실이라도 그런 건 안 한다.

우리가 아닌 다른 이들은 할지 모르지만, 적어도 우리는 아녔다.

그래도 겉만 보면 사이비 종교와 꽤 그럴싸하게 비슷했다.

"해구마가 가장 별미이니 가운데에 두는 겁니다. 그건 마지막에 대장이 할 겁니다. 일단 나머지를 그 주변으로 깔아 주세요."

"에혀. 이거 뭐 신께 바치는 것도 아니고. 으으. 어쨌든 알겠습니다!"

"치밀하게 해야 합니다. 안 걸리게요."

"연습한 대로 잘 하겠습니다. 흐으."

운이철이 감독을 하고 허웅은 작게 투덜대면서도 곧잘 움직였다.

이왕이면 말없이 잘해 줬으면 했지만, 허웅이 투덜거리는 것도 이해는 갔다.

"으으……."

손에 묻은 피를 보니 엄청 끈적거린다. 으.

끈적끈적한 살점. 굳어 있는 피. 잘게 다져진 가죽.

싸이코가 아닌 이상에야 그런 걸 만지는데 기분이 좋을 리가 없었다.

전부 몬스터의 사체다.

차라리 팔려고 저렇게 내놓는 거라면, 기분이 한결 나을지도 몰랐다. 돈이 되니까.

하지만 지금은 돈 때문에 이러는 게 아녔다.

'사냥 때문이지. 성공만 하면 큰 돈이 벌리긴 하겠지만, 그래도 아직이니까.'

사냥을 위해서다.

사냥에 성공하면 돈이 들어오기는 하지만 당장은 준비 과정인 상태.

그러니 저 끈적끈적거리고, 고약한 악취가 나는 것을 만지는 허웅이나 탱커들의 표정이 좋지 못한 건 이해해야 했다.

"으차."

"어서 하자고."

처음 말한 가운데를 남겨두고, 제단 비슷하게 몬스터 사체들을 쌓는 게 완료된다.

그때가 되자 다들 나를 바라본다.

연습대로라면 이제 내가 나설 때라는 걸 모두 알아서다.

특히 운이철은 가장 걱정스러운 표정으로 날 봤는데, 그도 이 계획은 처음 사용해 보는 거라 걱정하는 기색이 있는 듯했다.

"가셔야 합니다. 시체도 챙기시고요. 최대한 빠르게요.

슬슬 눈치챌 겁니다."

"흐…… 압니다. 바로 가죠."

내게 남은 공간장치 하나를 건네준다.

걱정스러운 기색을 차분히 지워가면서, 나머지 일행에게 신호를 한다.

그제서야 탱커들도 모두 뒤로 빠진다.

준비된 장비를 꺼내어 든 채로, 다들 거리를 벌리기 시작한다.

그들이 맡은 역할에 맞는 준비를 하기 위해서다.

나는 그들과 반대로 걷기 시작했다.

여태까지는 탱커들이 작업하고 있는 사체 더미에서 잘도 떨어져 있었지만, 이제는 반대로 제단 같은 것에 더 가까워진다.

지금은 내가 나설 차례였다. 걸음에 속도를 올린다. 금방 가까워진다.

"흐으……."

질겅. 질겅.

몬스터 사체라지만, 역시 밟는 느낌이 좋지 못하다.

그래도 제단처럼 쌓은 것 가운데에 들어가려면 어쩔 수 없었다.

이거 밟기 싫다고 괜히 폭발이라도 일으켜서 뛰었다가

는, 놈이 눈치를 챌 거다.

'도착이다.'

헛구역질이 나오는 사체의 악취에 슬슬 코가 마비될 지경이 될 때쯤. 목표지에 도착했다.

해구마 시체를 놓기 이전.

스으으으—

'차분히…… 그래도 걸리지는 않게.'

조심스레 불의 기운을 일으킨다.

일어난 불의 기운을 계획에 맞춰서 '그것'으로 만들어 낸다.

될까? 돼야 한다.

연습을 할 때도 세 번 중 한 번은 실패를 했던 터. 지금까지와는 다르게 정교한 기술을 필요로 하기에 실패율이 있었다.

그래도 지금은 세 번 중 두 번은 성공하는 것에 걸어야 했다.

긴장을 해선가. 힘을 크게 사용한 것도 아닌데, 땀이 금방 흐른다.

이마에서 탁하고 떨어진 땀이 눈을 친다.

"큿…… 젠장. 그래도 됐다."

성공했다. 다행히 실패는 아니었다. 고심을 한 성과가 있다. 좋다.

작은 만족감을 느끼면서, 급하게 공간 장치에서 해구마 시체들을 꺼냈다.

쯔왑— 쯔왑—

해구마 사체가 더미가 되어서 내가 설치한 '그것'을 위로 뒤덮는다.

해구마의 덩치가 커서 그런지 금방 가려진다.

'됐다.'

그게 신호였다.

—끼야아아아아아아아아!

우리 등 뒤로,

거대한 괴성이 들려온다. 모두들 소름이 돋았다.

운이철의 말이 딱 맞아 떨어졌다. 다른 그 어떤 것보다 해구마를 좋아한다더니!

다른 것에는 반응도 안 하더니 해구마 사체가 놓이자마자 바로 달려온다.

쿠웅— 쿵— 쿠웅—

조용한 사냥꾼이 놈의 별명 아니었나?

아예 흥분해서 달려온다. 야행성인 놈이 저리 흥분해서 달려들다니. 미쳐 흥분한 게 분명하다.

나, 아니 우리로서는 좋다.

'해구마 사체로 약 좀 쳤다지만, 오버가 심하네.'

계획대로 되고 있다는 소리니까.

만족감을 느끼면서 재빨리 몸을 날렸다. 뒤로, 더 뒤로.

빠르게 달리는데 목소리가 들려온다.

"여기!"

어느새 미리 만들어 놓은 곳에 은신하고 있는 마동수가 부른 거다.

새끼. 걸리면 어쩌려고. 자기도 놀랐는지, 두 손으로 입을 막고는 다시 조용히 한다.

―끼야!

다행히 들키지는 않은 듯했다.

쿵쿵거리면서 그 거체와 함께,

'새끼인가……'

자기보다 몇 배씩은 작은 새끼들을 이끌고 나온 놈은 우리가 쌓아 놓은 제단을 향해서 달려갔을 뿐이다.

오랜만의 포식인지 아주 광기에 씌어 있었다.

쯔억. 쯔억.

우리는 질려 하던 사체 더미의 물컹거림을 다 무시하고 바로 가운데로 향한다. 해구마를 향해서다.

놈의 새끼들은 제 어미가 먹을 해구마 사체는 감히 건드릴 생각도 못 하는지, 그 옆의 다른 것들을 향해 달려들 뿐이다.

여덟 개의 다리. 새끼라고 해도 사람 몸통만 하고, 가장 큰 녀석은 사람보다 몇 배는 더 큰 거대함을 가지고 있다.

절지동물에 속해 있지만, 곤충은 아니다.

'아니, 어차피 몬스터니 상관없으려나.'

우습게도 배 부분에 사람의 얼굴 형상을 하고 있는 무늬가 새겨진 놈의 이름은.

'인면지주.'

고대의 설화나 무협지에서 등장을 하던 그 몬스터가 실제로 실존한다.

―끼야아아!

새끼들에게도 건드리지 말라는 듯 또 한 번 포효를 한다. 인면지주가 해구마의 사체 더미에 머리를 퍽하고 박는다.

쒜에에에엑!

사람은 쉽게 찢어발겨 버릴 독니가 박혀드는 모습은 가히 압도적인 광경이었다.

공격대원 중에서는 자기도 모르게 몸을 움츠린 자도 있을 정도였다.

허나 나로서는.

'잡았다 요놈!'

바로 이 순간!

머리를 처박고서. 자신의 독아로 열심히 해구마의 사체를 탐할 그 순간을 기다렸다.

큰돈이 되는 몬스터 사체 십수 마리를 사용해 가면서까지 제단을 쌓고 준비를 한 건 바로 지금을 위해서였다.

몸으로 느낀다.

아까 심어 놓은 '그것'을.

거리는 떨어졌지만, 내 단전에 쌓여 있는 다른 불의 기운들과 같이 그 기운이 느껴진다.

이번 레이드를 뛰기 위해서. 이걸 연습하기까지 얼마나 많은 공을 들였는가.

'뭐든지 큰 기술 하나 쓰고 들어가야, 멋진 거지.'

그 누가 봐도 멋진 광경이 그려질 거다.

그러니 이제는 발동을 해야 할 때였다.

따아악—

그게 신호였다. '그것'이 발동한다!

—끼익!?

인면지주가 뭔가 이상하다는 듯, 박았던 독아를 뽑고 고개를 쳐든다. 주변에 뭔가 있음을 이제야 느껴서일지도 몰랐다.

하지만.

"늦었다고. 병신."

콰아아아아아아아아앙—!

이미 늦었다. 어마어마한 폭음과 폭발이 인면지주들을 감싼다.

*   *   *

보통은 쳐들어가서 사냥한다.

몬스터가 있으면 가서 잡는다.

해구마처럼 영역 단위로 움직이면 영역에 가서 사냥. 인면지주처럼 레이드를 해야 할 급의 몬스터면 둥지로 가서 사냥.

사냥은 그게 다다.

하지만 우리는 달리 생각했다.

약자로 시작한 우리였기에 웨이브에서도 힘을 합쳐 살아남았었지 않나.

그걸 응용했다.

이번에는 머리를 쓰기로 했다.

준비를 하고, 그 준비에 맞춰 적을 사로잡는다.

안 먹히면? 그때는 전처럼 사냥을 해야겠지. 쳐들어가서 잡는 거다.

사체고 뭐고 둥지로 바로 달려갔을 거다.

조금이라도 눈치채기 전에 바로 튀어가서 선공이라도 날렸을 거다. 그게 실패시 가장 실리적인 방법이니까.

하지만 먹혀들었다.

그게 바로 지금의 결과다.

―끼이이이기!

폭발과 폭음이 걷히고 남은 것들.

새끼 인면지주는 전부 쓰러져 있고 터져 있다.

그 누런 배를 하나같이 드러내고서 뒤집어져 있다.

녹색의 피가 놈들이 그래도 체액이 흐르는 생물인 걸 말해 준다.

일부는 다리를 꿈틀거리며 몸을 일으키려 하지만, 이미 타격이 어마어마해 보였다.

새끼들은 거의 누워 있는 셈. 엄청 득을 봤다.

'보통이면 하나, 하나 폭발시키기도 힘들었겠지.'

기술을 써도 피하거나, 온갖 움직임으로 거슬리게 했을 거다.

어리지만 사람 몸통만 한 것들이다. 거미줄이라도 날려서 방해를 했겠지.

그걸 폭발 한 방에 어마어마한 타격을 줬다. 좋다.

하지만 큰 인면지주는?

'괴물 새끼긴 하네.'

살아남았다. 부상은 입어서 여기저기 체액이 흐르지만, 덩치에 비하면 그리 큰 상처도 아니었다.

생채기랄까.

사람도 저런 생채기에는 버틸 수 있다. 가만 두면 치료도 돼서 살아남겠지. 잘해 봤자 흉터가 남는 정도일 거다.

폭발의 중심에 있으면서도 저 정도라니. 확실히 괴물은 괴물이다.

그래도 좋은 그림이 그려졌다. 아주 좋다.

우리는 마음에 들지만 인면지주는 마음에 들지 않을 상황.

"다들 자세 잡아!"

처억. 척.

폭발이 성과에 놀라서 정신을 놓은 공격대원에게 외쳤다.

다들 경험이 있어선지 금방 정신을 차리고서 자세를 잡는다.

그게 놈에게도 신호였다.

—끼야아아악!

괴성을 내지른다.

스악. 스악.

그 큰 덩치를 움직이기 시작한다.

본격적인 전투 모드에 들어간 건지, 그 큰 몸이 움직이는데 소음이 줄었다.

놈도 기술을 쓰기 시작한 거다.

본격적인 건 이제부터였다.

"가자!"

"오케이!"

타앗. 탓.

일열에 탱커들이 달려간다. 기세등등하다.

모두가 준비 자세에서 전투 자세로 들어간다.

* * *

―끼야악!

쇳소리가 울려 퍼진다.

화아아악―

그에 맞춰 버프가 씌어졌다.

버프로 강화된 탱커와 놈이 부딪친다. 여럿의 탱커를 상대로도 놈은 버틴다.

"으웃……."

"무슨 힘이."

어떤 때는 다리 하나로도 탱커를 버텨낸다. 다리 둘을 사용하면 밀어내기도 한다.

 내구성 하면 탱커고, 몬스터 탱킹하면 탱커 아닌가.

 그래서 탱커가 나선 건데, 기세등등하게 나선 거치고는 금세 턱하고 막혀 버렸다.

 거미는 인간보다 많은 걸 볼 수 있다고 하던가.

 다리 하나, 둘을 이용해서 탱커들을 상대로 농락하기 시작하는 인면지주였다.

 '새끼, 꽤 하네.'

 탱커들만으로는 소강상태만 이어질 듯했다.

 "으아아앗!"

 꽤 분투를 하고는 있지만, 거기까지다.

 그나마도 밀리는 곳에 이서영이 나서서 강철 방패를 휘두르지 않았더라면 저 소강상태도 유지하기 힘들 듯했다.

 "읏……."

 사실 그녀도 힘에 부쳐 보였다.

 차라리 혼자라면 날뛸지도 모르겠지만, 다른 탱커들까지 보호하면서 움직이는 게 여간 힘든 게 아닌 듯하다.

 그래도 그 사이 준비는 끝났다.

 내가 끝났냐고? 아니. 내가 나서면 쉽게 끝낼 수도 있을지 모르지만 그래선 안 됐다.

 "이번만은 참아야 합니다."

라고 말했던 운이철의 말을 기억하고 있었다.

아쉽게도 이번 레이드의 주인공은 내가 아녔다. 나를 대신한 다른 이들이다. 바로 공격대원들.

'지금인가.'

바로 맞춰 나오는 운이철의 신호!

"일타 가세요!"

"으아앗!"

"하앗!"

퍼억. 퍽. 퍼억.

원거리 공격이 쏟아진다.

거대한 물의 구체가 만들어지기도 하고, 그 물의 구체를 밀어주는 바람이 있었다.

기본적인 합격기였다.

그게 시작.

"이타. 삼타. 바로 연습대로 이으세요!"

퍼어엉— 펑—

영화 속에 나오는 마법사들이 집중 포화를 하듯이, 전투기가 폭격을 하듯 이능력의 세례가 인면지주를 향해 쏟아진다.

—끼야아아아악!

소강상태에서 버티던 인면지주도 별 수 없이 괴성을 지

른다.
 그러더니 배를 잔뜩 부풀린다. 놈이 뭘 할지는 보였다.
 운이철이 신호한다.
 "브레스입니다."
 "그건 이쪽이 맡지."
 스아아악—
 가장 화려한 공격은 양보하더라도 방어는 여전히 나.
 스포트라이트를 못 받더라도 보조는 하기로 돼 있다.
 인면지주의 배가 잔뜩 부풀어 올랐다가 순식간에 홀쭉해진다.
 순식간에 놈의 항문에서 쏘아지는 브레스.
 항문이라고 해서 무시하면 안 됐다.
 놈의 브레스의 속성은 독.
 보통이라면 맞자마자 녹아 버린다.
 "하얏!"
 가까이 있는 탱커들도 이서영의 철벽 방패 뒤로 피한 게 아니었더라면 몇 명 부상을 입었을 거다.
 치이이이익—
 얼핏 봐도 그을음이 인다.
 브레스의 일부만이 갔는데도 이서영의 강철 방패를 녹이다니, 확실히 대단했다.

허나 목표는 그쪽이 아니다. 저쪽은 일부일 뿐. 목표는 이쪽이었다.

브레스의 대부분이 이쪽을 향해서 쏟아진다.

'녹겠지. 보통은.'

하지만 나는 그런 브레스를 향해서 몸을 날렸다.

이미 온몸에는 불을 휘감고 있는 채였다. 그대로 내 몸이 놈의 브레스를 향해서 부딪친다.

허나 아무리 나라고 해도 모든 브레스를 막을 크기는 못 됐다.

인면지주의 산성 브레스는 브레스라기에는 꽤나 퍼져 있는 데다가, 그 범위가 넓었다.

이게 산성 브레스가 무서운 이유.

하지만 이쪽도.

'퍼트리는 게 가능하다고.'

화아아아악—

온몸에 있던 불들. 내 몸을 감싸고 있던 불들이 크게 퍼지기 시작한다.

고치에서 나비가 나오듯이, 알을 깨고 새가 나오듯 크게 퍼지기 시작한다.

내가 상상하던 형상은 검에 새겨진 것과 같은 주작.

내 상상에 맞춰서 그 주작과 비슷한 모양으로 불이 형상화된다.
날아오르는 주작이다!
—끼야아아악!
놈이 열이 받는 듯 괴성을 지르며 마지막 브레스까지 힘을 내서 뿜어내지만.
날아오른 주작은 끊임없이 놈의 브레스를 태우기 시작했다.
계속! 계속!
끊임없이 막아낸다.
치이이이이이이이이익— 치익—
불의 방벽과 산성 브레스가 부딪친다.
아무리 산성의 브레스라도 불 앞에서는 무용지물.
계속해서 쏘아내기는 하지만 딱 거기까지였다.
—끼야아아악!
열이 받는다는 듯 포효하는 인면지주.
다른 공격대원이라면 잔뜩 쫄아버릴지 모르겠지만, 오히려 우리에게는 기다렸던 순간이었다.
포효를 마지막으로 인면지주의 산성 브레스가 끝났다.
"바로 지금입니다!"
누구든 큰 공격 뒤에는 경직 상태에 이를 수밖에 없었다. 특히나 인면지주의 경우 홀쭉해져 있는 배가 애처로워 보일 정도였다.

바로 여태 원거리 딜러 중에서 가장 오래 힘을 모으고 있던 마동수가 나섰다.

고오오오오—

온몸을 불태우며 여태껏 버티고서 있던 마동수의 중력의 힘!

그동안은 내 활약으로 묻혔지만, 희귀 능력이라면 능력일 수 있는 그의 중력의 구가 모든 것을 빨아들이기 시작하며 날아간다.

가면 갈수록 인력이 점차 강해지기 시작한다.

인면지주에게 작렬할 때는 그 인력이 가장 높을 때일 터.

더 늦기 전에.

"바로 가세요!"

"으아아앗!"

"간다고!"

운이철이 신호한다.

마동수와 마찬가지로 여태까지 힘을 참고 있던 근거리 딜러들이 튀어나간다.

—끼야아악!

인면지주가 다리로 중력구를 막으려고 하지만 힘든 상태.

중력의 구는 물리적인 공격으로 막기에는 힘든 속성이었다. 차라리 브레스를 여기에 썼다면 쉽게 막았을지도 몰랐다!

중력구가 인면지주에 작렬한다!

중력구의 인력은 매우 강해서 인면지주라도 여덟 개의 다리가 묶여버릴 정도였다.

애처로울 정도로 힘을 줘서 몸을 파들파들 떨지만, 당장은 중력구로부터 벗어날 길이 요원해 보였다.

"흐악…… 다 썼다고……."

마동수가 단 한 방에 모든 이능력을 불어 넣었을 정도이니 그 정도 위력이 나온 건 당연!

그때.

"으얍!"

제일 처음으로 속도가 가장 빠른 신상철이 도달한다.

그는 중력구가 끄는 인력을 되려 이용한 듯, 가까이 갈수록 그 속도가 더욱 빨라진다.

자살 돌격인가.

방어를 도외시한 채 마치 인면지주에게 뛰어드는 형상이 만들어진다.

그 자세를 유지한 채로 그의 손에 들린 단검의 날은 인면지주를 향하고 있었다.

콰즈즈즈즉—

갑각과 갑각. 인면지주 다리 사이에 있는 이음새.

그곳에 날카로운 단검의 날이 작렬한다.

어마어마한 속도와 함께하는 단검의 날은 그 자체 그대로 이능력의 발휘와 같았다.

총화기 무기는 제대로 먹히지 않아도, 이능력자의 무기는 제대로 먹힌다는 걸 증명하듯이.

—끼야아아아악!

인면지주의 다리 하나가 그대로 끊어진다.

마동수의 중력구에 신상철이 숟가락 한 번 얹혀 놓는 것으로 인면지주의 다리가 날아갔다.

그게 시작이었다.

남은 다리는 일곱. 그 다리 하나, 하나에 여태까지 칼을 갈고 있던 근거리 딜러들의 공격이 작렬한다.

후우우웅—

누군가는 거대한 해머를 휘두른다. 중력구로 옴짝달싹 못하게 된 인면지주로서는 피할 길이 없었다.

계속되는 연속기.

배가 터져나간다.

샤악—

또 누군가는 신상철이 든 검과 비슷한 날카로운 검을 작렬시킨다.

해머처럼 곤죽을 낼 수는 없지만, 신상철과 비슷하게 절지동물의 이음새를 노리기에는 충분하고도 남았다.

그대로 토막을 친다.

─끼야아악!

놈이 다시 배를 부풀리지만.

"어림없다고!"

어느새 다가온 내가 놈이 브레스를 쏘려는 곳에 불의 구를 작렬시킨다.

감히 브레스를 쏘지 못하도록! 완벽한 봉인!

다리를 잃고, 브레스도 쏘지 못하는 인면지주가 뭘 어찌하겠는가.

새끼라도 있었디리먼 우리가 힘들었을 테지만 이미 다 죽은 지 오래다.

특이하게 입으로 쏘는 거미줄도 이서영이 달려들어서 틀어막아 버렸다.

'방패가 아니라 입마개로 쓸 줄이야.'

모양을 변환하는 데는 그만한 기술이 없는 듯, 인면지주의 얼굴이 그대로 봉인됐다.

그때부터 매타작이 시작됐다.

시원시원한 기술들이 인면지주를 향해 계속해서 작렬하

기 시작한다.

―끼야아아악.

애처로운 비명은 덤.

이번만큼은 나만의 원맨쇼가 아닌, 공격대원들 전체가 나서서 하는 레이드가 제대로 이어져 가고 있었다.

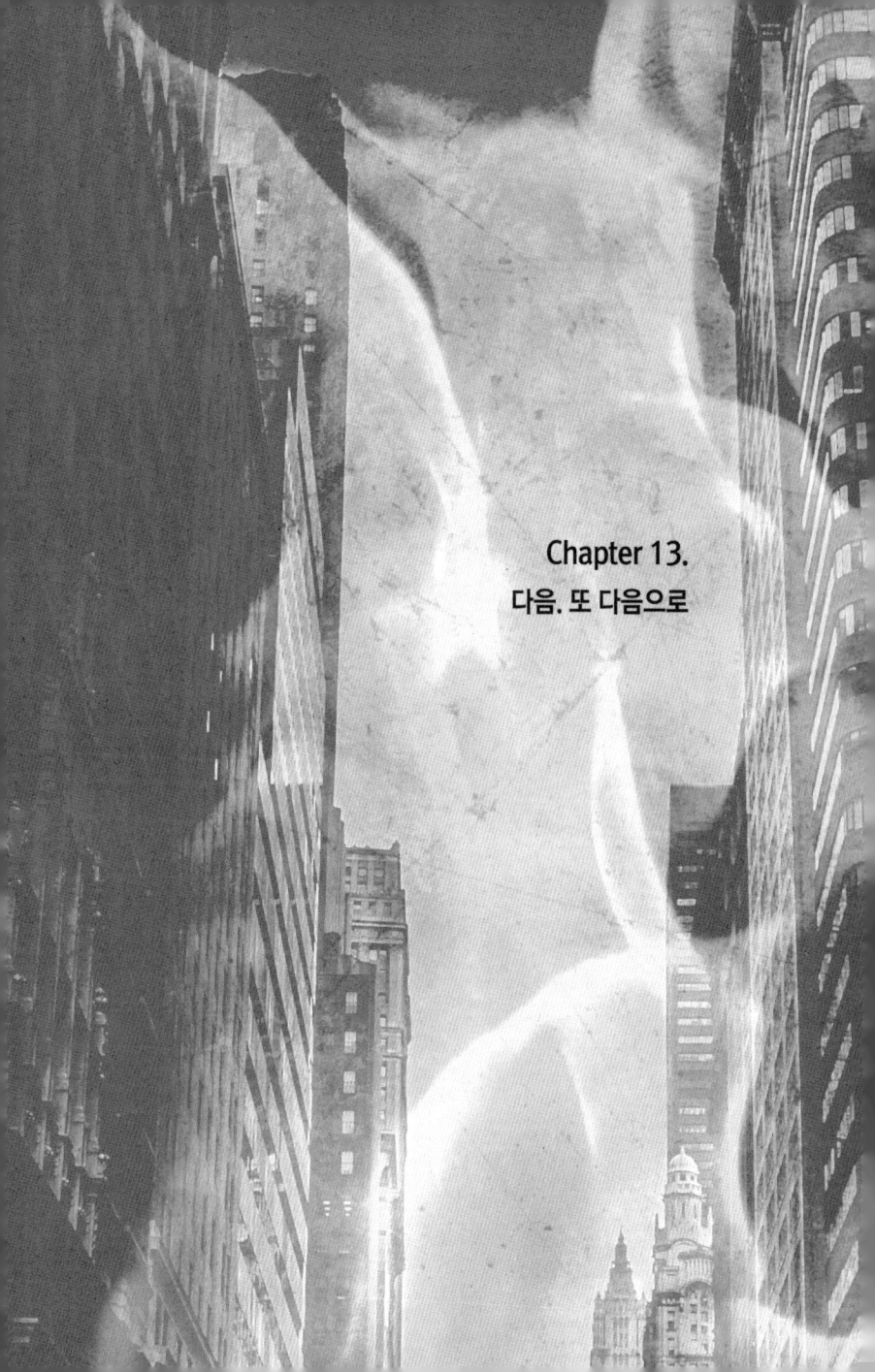

Chapter 13.
다음. 또 다음으로

다들 사체를 담는 걸 본다.

새끼 인넌시주마저도 씨그리 집어넣는다.

제단용으로 사용했던 것도 폭발의 여파로 덩어리들만 남았지만 그것도 담았다. 크든 작든 전부 다.

다들 분주했고, 아까와는 다르게 기분 나쁜 기색은 없었다.

되려 하나라도 빠르게 더 담으려 분주했다. 얼굴 표정도 아주 좋았다.

촉감은 여전히 찌걱찌걱했지만, 기분이 다를 수 있는 건 역시 상황 때문이겠지?

아까는 작전대로 움직이느라 판 까는 거고, 지금은 수확의 시간이니까.

그 장면을 보면서 차분히 다음을 생각했다.

"여기까지로 일 단계군."

"그렇지요. 이제 겨우 하나 잡은 거 아니겠습니까. 몇은 더 잡아야 할 겁니다."

운이철의 말대로다.

하나 잡고 빠지기에는 우리 통이 너무 커졌다.

거기다 이번 사냥의 목적은 정우혁에게 줄 물건을 구하는 것만이 아녔다.

일석일조.

그건 하수나 하는 짓이다. 한 번에 하나씩 얻어서 언제 위로 올라가나.

'그런 건 옛날에나 했던 짓이지.'

나 혼자일 때 강해지려고 그러는 거면 모를까 지금은 그리해선 안 됐다.

최소가 일석이조. 아니 삼조는 얻어야 했다.

그게 남들 열심히 달릴 때, 같이 열심히 달려서 따라잡을 수 있는 방법이다.

그리고 그걸 우린 실제로 하고 있었다.

"특히 공간에 관련된 놈들이 문제긴 하죠. 후아. 그나저나 편집하려면 꽤 힘들겠어요?"

"그래도 해야죠. 어디까지나 적당히 보여줘야 하지 않겠습니까? 적당히?"

"푸홋, 그것도 그렇죠. 뭐 잘하실 거라 믿습니다."

그 핵심에 운이철이 있었다. 역시 다른 놈들은 이런 거에 젬병이었다.

"예. 누구처럼 쉽게 능력이 들키게는 안 할걸요? 후후."

"쳇……."

옛날 일로 놀리기야 하지만, 그것까지는 어쩔 수 없겠지.

'그때는 내가 너무 안일했으니까.'

경험도 미숙했다.

강해지는 것과는 다르게 이것저것 운이철이나 스승에게 들켰던 건 내가 모자랐던 덕분이다.

그건 좋든 싫든 인정할 수밖에 없는 사실이다.

그러니 이번만은 잘할 거다.

앞으로도 잘할 거고.

그 사이. 마지막으로 거대한 인면지주 사체가 담기는 걸 보는 것으로 뿌듯함을 느낀다.

저것도 분명 아주 잘 쓰일게다. 자본도 좀 되겠지. 게임으로 치면 득템이다.

"오늘은 여기까지 하고. 바로 다음 가죠."

"준비하죠."

그렇게 뿌듯함으로 그날 하루를 끝냈다.

*　　*　　*

그 다음날부터는 같은 과정의 반복이었다.

다만 몬스터가 달라졌을 뿐.

서부 지역에 주로 있는 하급 몬스터를 처리.

간간이 등장하는 판치라 같이 위협적인 몬스터는 이서영과 다른 딜러들이 주로 처리했다.

'좋은 변화다.'

나만 툭하고 튀어나오기보다는 전체의 조화가 점차 만들어졌다.

당장 실력이 안 되면, 하나가 둘이 돼서 처리하는 게 습관이 됐다. 그도 안 되면 더 뭉쳐서 파티 단위 사냥으로 금방 변화할 정도였다.

전체가 공격대로 뭉쳐져 있지만. 때로는 서로 흩어지기도 하고 뭉치면서, 동시에 공격의 조합까지 되는 유기적인 공격대가 되어 갔다.

출신이나 등급에서는 각자 격차가 날지 몰라도 끊임없이 경험을 쌓은 덕분이다.

경험과 함께 쌓은 전우애로 전투에 있어서만큼은 마음이 통하게 된 것도 한몫했다.

아니 사실은 이 전우애라는 부분이 좀 크긴 했다.

이심전심이라고, 말로 하기 이전에 눈빛만 봐도 통하는 건 꽤 대단한 일일 수밖에 없었다.

척하면 척으로 하나가 막으면, 다른 하나가 빈틈을 찌르고.

하나가 공격기를 날리면 자동으로 자기 걸 날려서 연계기를 심어버리니 일 더하기 일은 이가 아니라 삼 이상의 시너지가 팍팍 나오는 거다.

'전우애 같은 건, 만화에서나 나오는 건 줄 알았는데 말이지. 상상 이상이야.'

파티 단위가 아니라, 공격대 단위에서도 이리 끈끈해질 수 있을 줄은 몰랐다.

언제고 이런 공격대가 될 거라 여기긴 했지만 역시 **빠른** 느낌.

운이철의 말대로라면 내가 가운데서 중심을 잘 잡아온 덕분도 있겠고.

"거기서는 몇 초 더 느리게 하는 게 되려 좋겠습니다."

"느리게요?"

"예. 그래야 최대치가 터질 겁니다. 예를 들자면 이런 거죠. 가장 먼저 이박 씨의 공격이 들어가면……."

저기서 끊임없이 분석하고 설명하고 있는 운이철의 덕도 클 거다.

그는 전략가로서 충분히 제 몫을 하고 있었다.

그 다음으로 공격대원들을 처음 데려왔던 허웅이나 마동수는.

"어허이. 너 요즘 너무 기어오른다."

"쳇, 뭐가요. 제가 설마 그러겠습니까? 푸후."

"됐어, 인마. 하여간에!"

적당히 분위기 메이커 역할을 하면서, 나랑은 다른 의미로 공격대원의 중심을 잡아 준다.

나는 대장이기에 어쩔 수 없이 가장 선두에서 전투의 중심이 될 수밖에 없다면 저들은.

'의외로 자상하단 말이지.'

마치 엄마처럼 의외로 꼼꼼하게 대원들을 챙겨준다.

허웅이나 마동수가 저런 역할을 하게 될 줄은 몰랐지만, 아무래도 그간의 경험이 살아난 게 아닌가 싶다.

파티도 못 하고 설움을 당해 온 경험이 있지 않나.

거기다가 고아원에 있으면서 애들을 챙기는 것도 나름 버릇이 들었었다고 들었다.

그런 여러 경험들이 좋게 작용하고 있는 거다.

무력, 전우애, 전략, 분위기.

그 모든 게 나만 이끌어 가는 게 아니라 점차 균형이 잡히고 있다.

이제는 어엿한 하나의 공격대라고 하기에 부족함이 없을 느낌.

모두가 성장했고, 각자의 자리를 잡고 있다. 사람을 슬슬 늘려도 문제가 없어질 거다.

분위기가 딱 잡혔으니, 오는 이들이 알아서 적응을 해 줄 거다.

'좋은 변화야.'

그 변화를 그대로 느끼는 채로 우리는 계속 전진해 나갔다.

* * *

그대로 파죽지세로 밀고 나갈 줄 알았는데, 의외로 강한 쪽도 나온다.

숲의 안. 사람의 손길이 미치지 않는 숲의 경우에는 그 울창함이 예전과 비할 바는 아니었다.

나무도 하늘을 찌를 듯이 높고, 풀만 하더라도 꽤 높은 높이까지 올라오곤 한다.

그 풀들이 순식간에 찢어 발겨져 버린다.

놈의 이동이다.

"아래로 막아! 위는 내가 맡는다고."

"방패요!"

"읏!"

쒜에에엑—

빨랐다. 아니 공간 자체를 접해 버린다.

'순간 이동인가.'

순간적으로 공간이 접히는 느낌. 처음엔 착각인가 싶지만 이제는 진짜 같았다.

며칠이 흘러서 인면지주 다음으로 레이드를 하는 몬스터는 정우혁과의 거래에서 대가로 건 놈이었다.

일명 메티스터.

사마귀를 확대한 모습의 몬스터인데 희귀한 레이드 몬스터는 아니었다. 몇 마리씩 떼로 몰려다니기도 하는 몬스터다.

특히 이놈은 경기 서부에서 유명한 메티스터였다.

서부엔 유명 길드가 없어 잡을 수 있는 곳이 없었다. 게다가 특수한 경우를 제외하고 놈의 사체가 난이도 대비 쓸 만한 곳도 없다 보니, 거대 길드에서도 내팽개친 놈이랄까.

길드 단위로 분쇄해버리면 금방 처리를 할 텐데 거대 길드가 내팽개친 덕분에 아주 살 판 난 놈이다.

그냥 두기만 한 건 아니다.

길드는 안 오고 공격대 단위로 놈을 공격한 곳이 있기는 했다. 그래도 실패. 공격대 둘 정도는 무너트렸던 놈이다.

양패구상까지는 아니고 서로 비긴 정도?

'잡지도 못하고 부상자만 속출했다더니…….'

공격대가 달려들면 놈이 미친 듯이 부상자를 만들고, 잡기도 힘들어 철수했다고 들었는데 딱 그 이유를 알겠다.

공간을 점하면서 순식간에 달려드는 메티스터는 상대하기가 너무 힘들다.

'숲이라는 공간 때문에 더 그러겠지.'

이곳은 메티스터의 천혜의 요새나 다름없었다.

풀 아래로 숨고, 나무 뒤로 몸을 피하면서 순식간에 공간을 점하는 기술을 쓰는데 그걸 상대하는 게 쉬울 리가 없다.

이쯤 되면, 어지간해서는 내가 나서기는 그랬지만 방법이 없었다.

계속해서 사마귀 팔에 탱커들이 놀아나고 있다.

어찌어찌 이서영이 강철벽을 만들어 대서 큰 부상까지는 막고 있다지만, 이건 인면지주 때보다 힘들다.

빠르기도 빨라서 신상철같이 속도 위주 헌터나 겨우 발

을 맞춘다.

상성의 차이였다.

그러니 내가 나설 수밖에.

다른 이들도 그걸 원하는 눈치였다.

화아아악—

바로 뛰어 나갔다. 강화된 육체로 속도가 떨어지면.

파앙—

폭발로 속도를 더한다.

놈이 공간을 점하면? 나는 그 공간을.

"태워버리면 된다고!"

파아아앙!

그대로 불의 기운을 심은 단검을 던져 버린다. 그대로 폭발을 유도. 불의 기운을 머금은 단검 주변으로 폭발이 일어난다.

―키이이익!

메티스터는 공간을 점하는 능력은 강해도, 내구성 자체는 그리 강하지 않은 몬스터!

갑각류 몬스터의 특징이 그러하듯이, 일정 이상의 방어는 불가능하다. 딱 갑주가 막을 수 있을 만큼의 방어력만 갖췄다.

그러니 폭발 속에서 모습을 드러낸 메티스터는 그 모습

이 처참하기 그지없었다.

폭발에 여기저기 그을리고, 유난히 깔끔하게 가다듬어 놓은 더듬이 하나는 아작이 났을 정도다.

나서자마자 순간 전세 역전이다.

"새꺄. 계속해 보자고!"

―키이이익!

놈도 지지 않겠다는 듯이 달려든다.

그리고 놈에게 나도 다가간다.

쒜엑― 쒝.

공간을 점한 놈이 오면 오는 대로 부딪치고 버티고, 뒤로 빠지면 그대로 그 공간을 폭발시켜 버린다.

때로는 길게 늘어뜨린 불의 검을 휘둘러서 그 주변 나무들까지 초토화시켜 버릴 정도였다.

'좋아.'

오랜만에 격렬한 전투!

공격대와 함께 협력하는 전투도 좋지만, 이렇게 나서서 하는 전투는 그거 나름 맛이 있었다. 역시 사람이란 한 번씩 나서줘야 좋은 거다.

활약을 하는 것도, 그 활약을 공격대원들이 바라보는 것도 좋으니까!

상대의 호흡을 느끼고, 다음 수를 읽어가면서 전투를 벌이는 게 특히 좋다!

그래서 그걸 즐긴다.

'나 같은 놈을 두고 관심종자라고 하려나? 아니겠지. 그건. 사람이라면 누구나 이 정도 관심을 원한다고!?'

그 맛을 느끼면서 끊임없이 몸을 날렸다.

불과 속도. 공간과 불의 전투.

그 전투에 달아오르는 몸. 올라가는 몰입감. 서로의 호흡을 느낀다. 죽인다는 살의로 가득 찬다.

그 끝에는.

파아앙!

―키야아아아아악!

누군가 하나의 목숨이 달아나는 결과뿐.

"하악. 하. 새끼……."

남은 것은 전사자가 주는 전리품과 사람이, 해냈다는 뿌듯함이 선물이었다.

그 선물을 한껏 만끽하며.

"끝내자고! 마무리 하자!"

또. 나는 흥분 속에서 다음을 외쳤다.

* * *

레이드가 끝났다.

메티스터를 잡고도, 그 뒤로도 여러 몬스터를 잡은 상태다.

공간 장치를 꽤 여럿 챙겨왔는데도 그것들이 다 가득 찼으니 말은 다 했지 않나?

이게 다 돈이고 성과다.

쓸 만한 건 장비로 환원될 거고, 빚을 갚는 데도 쓰일 것이니 이만큼 좋은 게 또 어딨으랴.

"이건 제가 확실히 처리하죠."

"그럼요. 그래도 그 전에 할 건 해야죠?"

"하핫. 알겠습니다."

덕분에 기쁨과 뿌듯함을 다 안고서 회식을 준비할 수 있었다.

술이 한 잔 두 잔 들어가고. 나름대로 분위기를 띄워 보려 했는데, 자라나라 머리머리 같은 건 되려 먹히지를 않았다.

대신에 먹히는 건 따로 있었다!

'말도 안 돼…… 젠장.'

내 개그가 먹히지 않고 다른 게 먹힐 줄이야.

개그만큼이나 대세가 금방금방 바뀌는 게 또 없다고 하더니, 그 사이 대세가 또 바뀌었다.

요즘은 아재 개그가 대세란다.

덕분에 아재 개그의 대가 신상철이 아주 신났다.

"딸기가 실업자가 되면 뭔지 아나?!"

"뭔데요!?"

"딸기 시럽!"

"오오!"

몇 개 아재 개그를 치니, 아주 찬양하는 저 꼴이라니.

'저런 거 익힌다고 해서 먹히지도 않는다고!'

다 한때인데! 저 양반이 끝없이 하는 아재 개그에 사람들이 하나둘씩 빠져버렸다.

"어허이. 할아버지가 제일 좋아하는 돈이 뭔지 아나!?"

"할아버지가!?"

"……훗."

아재 개그 하면서 그런 웃음 짓지 말라고. 그렇게 뿌듯한가!

"할. 머. 니. 다!"

"오오오! 미친. 나 소름 돋았어!"

어느 부분에서 소름이 돋아야 하는 건가. 소름 돋는 너에게 내가 소름이 돋는다.

근데 서글픈 건.

'……인정하기 싫은데 가끔 웃음이 나와. 젠장.'

이게 아닌 거 같은데, 피식피식 웃는 나를 바라볼 때가 가장 자괴감이 든다.

분명 회식이었는데. 아재 개그 판이 열리고는 상황이 아주 바뀌어 버렸다.

"자자, 이제부터 이 아저씨, 아니 이 형이 아재 개그를 알려주지! 이 설명을 들어야 진정한 아재가 되는 거야!"

"오오!"

더 들을 것도 없었다.

젠장. 다들 술 취해서 미친 게 분명하다.

조용하게 회식 자리를 나섰다. 나만 이상함을 느낀 건 아닌 건지, 나와 보니 운이철도 나와 있었다.

달밤 아래에 남자 둘이라니.

이럴 때는 썸 타는 여자라도 나와 껴야 하는 거 아닌가!

'묘하게 오늘 안 풀리는데?'

사냥은 잘 풀렸는데, 사냥 이후 회식부터는 뭔가 이상하다.

운이철을 바라보며 물었다.

"회식 좋아하시지 않아요?"

"아재 개그는…… 아직 못 익혔습니다. 어렵더군요. 익히다가 잠시 머리 식히러 나왔습니다."

"와……."

이 사람. 아재 개그도 공부하려는 건가.

신상철이 개그를 설명하는 자라면, 운이철은 개그를 공부하는 자?

'미친…….'

어째 정상인이 하나도 없구나. 다들 이상한 곳에 물들고 있는 느낌이다.

내가 멍한 정신에 가만 있는데, 운이철이 물어온다.

"그나저나 내일 약속이시죠?"

"예. 정우혁이 보냈다는 사람들을 못 보는 게 아쉽긴 한데…… 그건 약속 다녀와서 보면 되겠죠. 하하."

"제가 먼저 보겠군요. 어쨌든 잘 다녀오시죠."

"아무렴요!"

"그럼 저는 먼저 들어가겠습니다. 있다 오시죠."

"……아, 예."

운이철 이 양반.

회식 자리 들어가는 건 좋은데. 왜 펜하고 노트는 따로 챙겨가는 건데?

'……신상철의 아재 개그를 운이철이 익히면?'

두렵네. 그것도.

* * *

날이 밝았다. 약속 시간에 딱 맞춰서 도착했다.

지난번에 나한테 한 소리 들은 게 억울했던 건가.

"헐. 꽤 큰데…… 흠. 돈이 많긴 많아."

주소를 들고서 약속된 장소로 왔는데, 눈앞에는 그 크기가 꽤나 큰 건물이 자리하고 있었다.

위로만 구 층 정도. 아래는 안 들어가서 모르지만 작지는 않은 크기다.

'초 다이아수저인가. 대단해.'

만나기로 한 이는 정우혁.

이놈, 지난번에 안가 뭐라고 한 게 억울해서 날 이리로 부른 게 분명하다.

조금은 애 같은 놈이라고 생각히면서도, 내심 부러운 거까지는 어쩔 수 없었다.

문 앞으로 다가가자.

"이쪽으로 오시지요."

정장 차림을 한 사내가 기다리고 있었다.

정장에 딱 어울리는 적당한 위압감에, 일도 시원스레 잘할 거 같은 훤칠한 모습이었다.

육체파라기보다는 머리를 쓰는 쪽인 듯 걸쳐져 있는 안경은 꽤 멋스럽게 어울렸다.

"정우혁이 보낸 겁니까?"

"예. 그러셨습니다."

확인하려고 물어본 건데, 정우혁이란 말에 기분 나빴나. 인상이 작게 찡그려지는 걸 분명 봤다.

'과잉 충성인데?'

어째 정우혁 놈의 옆에 있는 이들은 죄다 그에게 빠져 있는 느낌이다.

그 아리따운 호위도 그렇고, 이 사람도 그렇다. 정우혁을 반쯤은 신처럼 모시는 신도의 냄새가 난다.

녀석. 사람을 잘 끌어들이는 기질이 있을지도 모른다.

"그럼 이쪽으로……."

"예. 그러죠."

안내를 받으며 드디어 안으로 들어섰다.

* * *

"이건 그렇게 처리하면 안 돼. 흠? 아아…… 형님."

물을 열고 들어서자, 또 다른 정장 사내에게 잔뜩 잔소리를 하고 있는 정우혁 놈이 보였다.

손님으로 내가 올 시간임을 알 텐데도 저런다는 건.

'정말 바쁘거나…… 분위기 잡기려나?'

나는 눈을 가늘게 뜨고 생각했다. 요놈. 괜히 기선제압으로다가 바쁜 척하는 걸지도 모른다.

왜, 그런 거 있지 않나.

쓸데없이 사람 바쁜 척하거나, 화낸 모습을 모여서 상대를 긴장하게 하는 그런 거.

다 쓸데없어 보이는 짓이지만 의외로 톡톡히 효과가 먹힐 때도 있긴 하다 들었다.

그래도 역시 내 쪽에는 먹히질 않았다.

정우혁이 눈짓 하자 정장 사내들이 알아서 사라진다. 그중에는 나를 안내하던 자도 포함되어 있었다.

"여어! 왔다!"

"잘 왔습니다. 딱 정시네요."

슬쩍 시계를 살피며 묻는다.

"그나저나 형님, 크게 한 건 하셨다면서요? 몬스터 사체 처리도 슬슬 하고 계시다 들었고요?"

"다 그런 거지. 흐흐. 건물도 올리고. 아주 좋아."

"다 그 괴물 인간 덕분인 거 같던데요? 그 사람 수완이 좋아요."

괴물 인간?

운이철을 말하는 건가. 어째 운이철이 정우혁의 아버지를 언급했던 게 정우혁에게는 컸던 느낌이다.

'둘이 친해지기 힘들겠는데…….'

분명 인상을 찡그리는 걸 봤다.

운이철에 대해 이야기를 할 때면 꼭 저러다니, 둘이 친해지기는 그른 듯했다.

사람이라는 게 모두가 친해질 수는 없는 거 아닌가.

뭐, 어쩔 수 없지. 대충 듣고 넘겨야 할 듯해서 말을 돌렸다.

"쳇. 너 포함해서 내 주변 사람들은 나를 칭찬할 줄을 몰라요."

"그걸 제 칭찬으로 듣지요."

"능글맞기는. 그나저나 받아라! 꽤 많은 거다?"

"이거 설마…… 그거로군요?"

"그래. 계약대로 가져다 준 거다."

역시 정우혁. 눈치가 빠르다. 금방 눈치를 챈다.

당당하게 말하는 나.

반대로 받아든 정우혁의 표정에는 당황스러움이 좀 보인다. 숨기려고 해도 티가 난다.

'놀랐겠지.'

짜식. 오늘은 그가 원하는 대로 운이철도 안 데려왔지만, 내가 좀 빠르게 가져 왔나.

계약의 대가를 벌써 가져올 거라고는 생각도 못 했을 거다.

 생각보다 빠른 성과물이다. 성과물을 보니 그도 놀라고 당황할 수밖에 없을 거다.

 쯔왑—

 "화아…… 진짜네요."

 "그럼 가짜겠냐."

 그가 공간 장치에서 꺼내드는 건 회색빛을 띠고 있는 돌들이었다.

 총 세 개다.

 메티스터를 잡고도, 다른 것들을 정리해서 얻어낸 것들이다.

 이름은 모두 같다. 통칭 그레이 스톤.

 정우혁이 원하는 내가물이다.

 그의 이능력이 공간이니, 저 그레이 스톤도 공간 관련 이능력에 관련되어 있을 거다.

 '메티스터를 포함해서 우리가 잡은 모든 몬스터가 다 그런 식이었으니까.'

 죄다 공간 관련 몬스터를 잡아 나온 거니 분명 확실할 거다.

 회색의 빛을 띠는 저것들은 자신들이 나름 가치가 있는 걸 증명하기라도 하는 듯 스스로 빛을 내고 있었다.

회색빛의 빛이라는 게 꽤 묘한 느낌이 있어, 오기 전까지 여러 번 살펴 본 돌들이기도 했다.

레드 스톤이랑은 또 다른 새로운 느낌을 가진 놈이다.

'하여간에 저 돌들이…… 꽤 효과가 좋은 거 같긴 하단 말이지.'

각성체가 각성의 기반을 쌓게 하는 거라면, 저 돌들은 각성자에게 도움을 주는 강화석인 느낌이다.

뭐, 각자 작용하는 방식이 다른 법이니 확실하지는 않다.

정우혁이 공간 장치에서 꺼낸 돌들을 황홀하게 바라본다.

"흐흐…… 좋은데요."

정우혁의 입꼬리가 올라간다. 아주 눈에 걸릴 기세로 만~!

여러 가지를 가늠하는 듯하더니,

"덕분에 일이 좀 쉬워지겠네요."

금방 계산을 해 낸다. 앞으로 해야 할 일들에 대한 계산이 끝난 게 분명하다.

"일? 뭐, 잘하라고. 우선은 가격이나 제대로 쳐줘. 일은 뭔지는 몰라도 나는 안 낄 거니까."

"쳇. 그래도 형 동생 좋은 게 뭡니까. 좀 도와주실 때도 있고 해야죠."

"됐네요. 계약자님."

정우혁은 은근 일을 도와주길 원하는 거 같지만 그건 금물이다.

말도 안 되는 소리지.

이쪽도 이제부터는 꽤 바쁘게 움직일 거라 그건 무리다.

"나중에 돈으로 안 되면 몸으로 때워야죠? 제 이자는 비싸다고요?"

이 녀석. 날 돈으로 압박하는 건가. 그렇다면야!

"……자꾸 이리 압박한다면야, 다음부터는 운이철이랑 같이 올까? 응?"

"으아악! 젠장! 알았어요. 하여간에 일 한번 쉽게 하기 힘드네요."

역시 항복 선언인가.

운이철 이야기만 나오면 약해지는 정우혁이었다.

이쯤 되면 아버지가 약점인지, 운이철이 약점인지 알 수 없을 정도다.

그때의 협상 때 운이철이 타이밍 좋게 찌른 게 컸나 보다.

자식. 그래도 가만 보면 불쌍하긴 하다.

저 어린 나이에 이런 저런 걸 책임진다고 하는 건 무게감이 크긴 하겠지.

초 다이아수저도 힘든 게 있긴 하구나.

이제는 나도 사람을 이끌어가는 입장이기에 모를 수가 없었다.

"그래도 정 어려우면 도와줄게. 거저로는 못 하겠지만?"

"뭐, 그거만으로도 위안은 되네요. 위안은요. 후아."

"어쨌거나. 이걸로 당분간은 됐겠지?"

"아무렴요. 큰 힘이 될 겁니다! 감사히 사용하죠!"

"됐어, 인마. 아, 그리고 새로 보내 준 사람들. 땡큐. 아직 못 보긴 했지만 잘하겠지."

"크큭. 잘할 거예요. 프로들이니까요. 그래도 어디 가서 소문은 내지 마세요."

"아무렴!"

이건 내가 돌아가게 되면 알게 된다.

오늘 오기로 한 자들은 우리의 건물을 봐주기로 했다.

말로만 들었지만, 정우혁이 보낸 자들은 아주 좋은 자들이다.

일단 그건 가서 보고.

"그나저나 이제 슬슬 가서서 재미 좀 보시죠?"

"가라고?"

"뭐 그런 거죠? 하핫. 어쨌든. 오늘 고마워요."

"알았다 인마. 간다."

기분 좋게 나섰다.

쪼잔스럽게 그레이 스톤 하나에 얼마 얼마 할 것도 없다.

적어도 거래에 있어서는 제정신을 가진 녀석은 신용이 있다. 그러니 별달리 말할 것도 없이 물러났다.

"짜식. 잘하려나?"

빠져나온 건물을 문득 한번 스윽 바라봤다.

거대한 덩치의 건물. 정우혁. 그는 저 건물의 크기만큼이나 무거운 걸 두 어깨에 잔뜩 짊어지고 있을 거다.

그래도.

"잘하겠지. 저놈도."

이 못났던 나도 이렇게 잘해내지 않는가. 저 녀석도 잘해낼 거다. 분명히.

마지막까지 굿럭을 빌어 주며, 나섰다.

나의 집. 나의 새로운 건물을 향해서 돌아갈 때다.

이 거래가 굉장히 크게 득이 될 줄은 그때는 몰랐다.

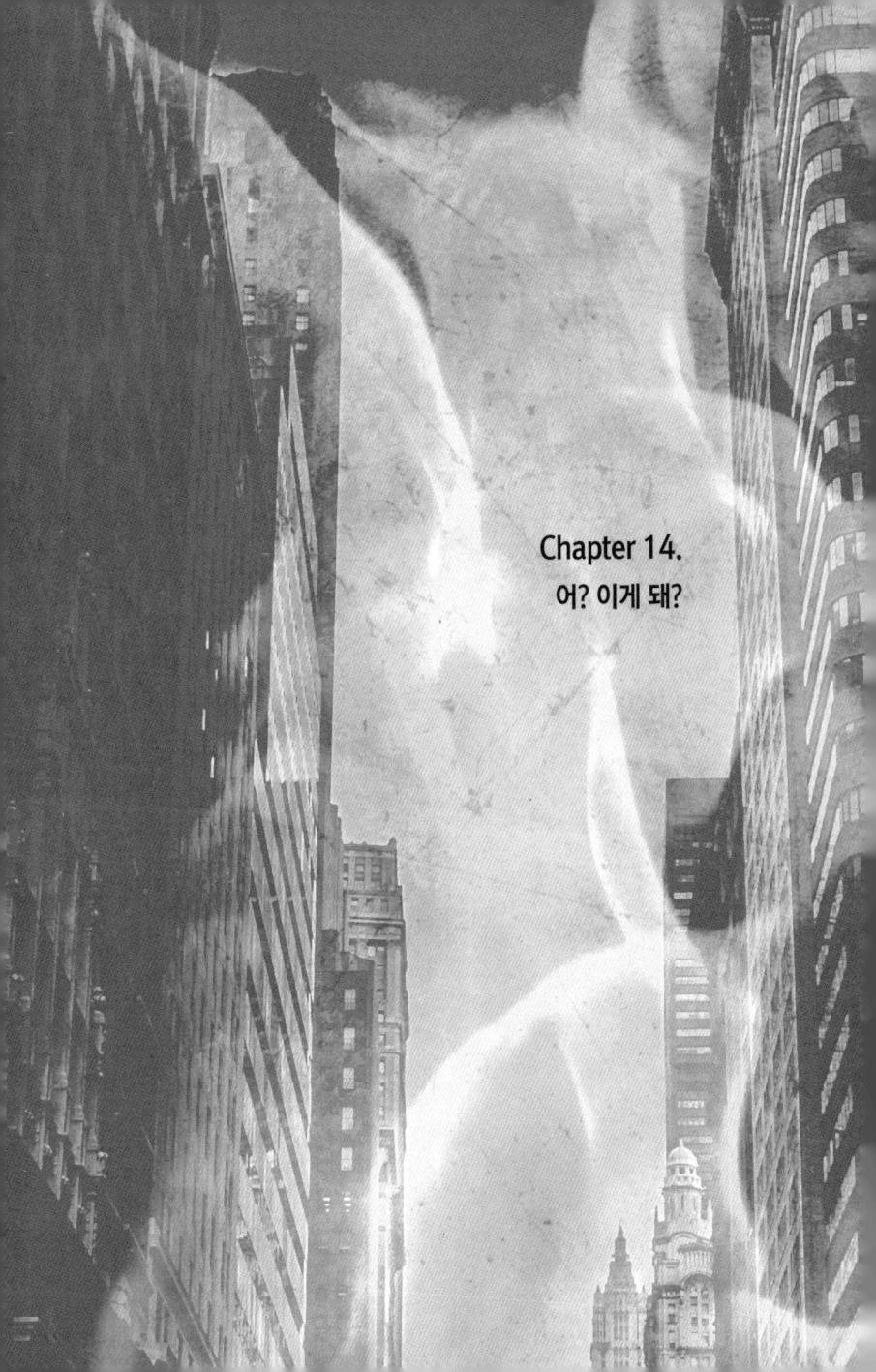

다시 돌아왔다. 정우혁을 보고 다시 돌아온 거다.

어째 오늘은 이래지게 왔다 갔다 하는 기분?

상큼하니 거래를 끝마치고 왔는데, 앞을 보자 그런 기분도 조금은 가시는 느낌이다.

"역시 아직이군. 휘유."

으스스스—

내 건물이지만 언제 봐도 을씨년스럽다.

그래도 공사를 하러 온 자들이 외벽은 금방 청소를 해 놨는지 전보다 낫기는 나았다.

전에는 악령이 나올 만한 집이었다면, 이제는 순한(?) 처녀 귀신이 나올 만한 정도?

'이게 뭔 개소리냐······.'

저 건물만 보면 괜히 심란해지는구나 생각하면서 안으로 들어선 순간.

을씨년스러운 건물 밖과는 달리 안은 굉장히 분주했다.

여기저기 부서지고, 다시 재조립되고를 반복하고 있다.

화려한 나비가 되기 이전 고치 아래의 애벌레가 분주하게 변태를 하듯 변하고 있었다.

제대로 기초공사가 된 건물의 철골이 고치고, 그 안에 분주히 재조립되는 것들이 바로 애벌레랄까.

이 안에서 움직이는 자들의 손길은 분주하기만 했다.

"거기는 그렇게 하지 말고, 한 방에 처리하자니까!?"

"알았네, 알았어. 어? 오셨는데?"

"오."

한참을 그리 분주하게 공사를 하다가, 그제서야 나를 바라보는 자가 하나 있었다.

감독관이다. 팔에 감독이라고 적어놓은 띠를 봐서 알았다.

'감독인 게 자랑스러운 거군.'

덩치를 가지고 있는데, 그게 험상궂어 보이지는 않았다.

둥글둥글해 보이는 인상과 약간은 나온 배가 인상을 좋

아 보이게 만들고 있었다.

귀여울지도? 거기다 호탕한 웃음은 덤이었다.

"안녕하십니까! 하핫."

"예, 안녕하세요. 정우혁이 보내신 분 맞지요?"

"하하. 그렇죠. 빚이 있으니 왔습니다. 덕분에 빚도 까게 됐고요."

"호오. 그놈 여기저기에 빚 깔고 다니나 봐요?"

"뭐, 그렇죠. 하하."

빚을 말하면서도 호탕해 보인다니. 괜찮은 건가. 이 양반도.

'그래도 일은 잘하는 거 같네.'

이들은 정우혁의 도움을 받고 나서야 알게 된 자들이다.

완전히 우리 쪽으로 온 건 아니고 임시로 와서 일을 해주는 정도?

기한은 누추하기까지 한 이 건물이 나비처럼 화려하게 변할 때까지다.

참고로 오자마자 제일 위층은 이미 화려하게 바꿔준 지 오래라고 들었다.

협상 끝나고 오는 동안에 위층에서 일하고 있는 운이철이 직접 전화를 해서 알려준 소식이다.

'대단한 사람들이라니까.'

척 봐도 건물에 있어서는 최상급 능력자 그 이상의 능력을 보인달까.

"보통은 이런 건물은 상대 안 하는데 말입니다. 그래도 우혁이 놈의 부탁이니."

"하핫. 저야 잘 부탁드릴 뿐이죠."

"그래도 어디 가서 말하시면 안 됩니다? 고급 건물이나, 중요 건물을 제외하고는 저희는 안 나서는 게 규칙이니까요."

"예. 물론이죠! 그래도 마지막 지하층은 꽤 흥미롭지 않습니까?"

"그건 그렇죠. 흠…… 뭐 일단 최대한 잘 만들어 보겠습니다!

가장 아래층.

그 안에 따로 준비될 것에는 그도 꽤 흥미를 느낀 듯했다.

확실히 다른 부분은 몰라도 그 부분에 있어서만큼은 흥미 있는 표정을 짓는다.

프로라고 하더니 건물을 짓는 데 있어서는 프로 정신이 확실히 박혀 있는 사람인 듯싶었다.

"그럼 부탁드리죠. 저는 올라가 봐야 해서요."

"하핫, 그럼요. 믿고 맡기시죠. 마저 일하고 있겠습니다!"

쿵쿵.

믿으라는 듯 자신의 가슴을 치고 가는데, 그 손힘이 예사로워 보이지가 않는다.

* * *

'잘하겠지.'

저들을 한 번 보고 걸음을 옮기기 시작했다.

실제로도 저들은 이능력자다.

보통의 이능력자들은 최하급이라고 하더라도 이런 일들에 나서지 않는 게 불문율이다.

내가 최하급이던 시절에 짐꾼이나 하던 건, 어쩔 수 없는 선택이었다.

이능력자.

그것도 최하급은 변변한 능력도 못 가졌지만, 제대로 직업도 가지기 힘들다.

이능력자들이 일반인이 하는 일에 끼기에는 사회 분위기도 그러하고, 이래저래 불이익도 많다.

분명 이능력자들이 하면 더 나아질 일도 있지만, 어째 끼기가 힘들다.

분위기가 그렇다. 아니면 기득권 문제거나.

그렇다고 아주 안 하랴.

저들은 아주 은밀하게 따로, 건설 관련 일을 하는 자들이다.

한 팀을 이뤄서 함께 움직이고, 일반인들에게는 잘 알려지지도 않은 그런 자들이랄까.

나, 운이철도 정우혁이 소개해 주기 전에는 몰랐을 정도이니, 말 다 했지. 심하게 은밀하다.

그래도 일은 잘한다.

고급 건물이나 전진 기지, 그런 것들을 전문으로 만드는 자들답게 분주함만큼이나 일처리가 시원시원해 보였다.

"잘하네."

가만 보고 있으면 빠져들 만한 느낌이 들 정도다.

공사를 모르는 내가 봐도 뭔가 다르구나 싶을 정도. 어쨌거나 지금 중요한 건 그게 아녔다.

"우선은 올라가 볼까."

그를 보러 가야 했다.

올라가면서도 좋은 구경을 했다.

이래저래 특수한 상황에 있는 것들을 만드는 자들다웠다.

공사로 인해서 엘리베이터가 멈춰 있는 상황이라 더 천

천히 볼 수 있었다.

"으차."

지금만 봐도 보통 사람은 들지도 못할 자재를 턱하니 들어서 나르는 건 기본.

후아아앙—

무슨 원린지 몰라도 시멘트 칠을 하고는 금방 마르게 이 능력을 사용하기까지 한다.

'진짜 건설 특화야. 햐…….'

다른 건 몰라도 확실히 건설 부분은 완전히 특화된 자들이다.

저런 자들이 아니더라도, 최하급이라도 이능력자가 사회 전면에 나서면 꽤 많은 게 달라질 수도 있을 거다.

하지만.

'보통 사람들도 문제지…….'

최하급이라도 이능력자는 이능력자.

이능력이 없는 일반 사람과 이능력자가 붙으면 일반인은 무조건 질 수밖에 없다.

그러니 그들이 제대로 끼게 된다면, 많은 일자리들이 이능력자에게 넘어갈지도 모른다.

몬스터의 침략으로 사람도 줄기는 했지만, 안 그래도 나라 면적도 줄지 않았나.

그러니 취업난은 여전히 있다.

그런 데에 이능력자까지 경쟁에 가세하면, 일반인은 다 죽으라는 상황이 되겠지.

그러니 최하급은 못 끼게 하는 걸지도 몰랐다.

알바 정도만 겨우 겨우 허락을 해 주는 거겠지.

이래저래 결국에는 밥그릇 싸움인 거다.

'이해는 가기는 하는데…… 우스운 노릇이지.'

문득 불빨 좀 받겠다고 예전에 알바 하던 때가 기억난다.

참 별짓 다하고 살았던 거 같은 느낌?

그래도 그때의 고생(?)이 있던 덕분에 힘을 쌓았던 건 분명하다.

"으차차. 다 왔네?"

어디서도 볼 수 없는 진귀한 광경. 이능력을 이용한 공사의 현장을 본 지 얼마 되지도 않았는데, 금세 목적지인 최상층에 도착했다.

저벅.

발을 옮겨 안으로 들어섰다.

* * *

"……."

집중하는 남자가 멋있다더니.

가장 위층. 그곳의 반을 자기 사무실로 쓰고 있는 운이철.

그는 어디서 구해 왔는지 컴퓨터와 모니터 여럿을 설치해 놓고 있었다.

여러 개의 모니터를 세팅해 놓고 그 아래로 서류 더미들을 두고 있는 그 모습도 역시 프로다웠다.

건축을 맡은 자들과는 다른 의미로 예리함이 흘러나오는 프로의 느낌이랄까?

나 말고 여자가 보면 꽤 반할지도 모르겠다.

아쉽게도(?) 나는 여자가 아니라 남자인지라, 반하지는 않았다. 대신에.

"큼큼…… 운이철 씨?"

"아, 예? 오셨군요. 예정보다 빨리 오셨네요."

"택시가 총알로 와주더라고요. 하하."

그의 집중을 깼다.

앞으로 해야 할 일이 있었고, 그 부분에서 그의 역할은 분명 있었다.

하지만 결국 선택자이자, 책임자는 나다.

그로부터 설명을 들을 이유는 충분히 가지고 있었다.

"준비는 잘되고 있는 겁니까?"

"물론입니다. 거의 끝났습니다. 한번 보시겠습니까."

"흠…… 좋기는 한데. 맛있는 건 가장 나중에 먹어야죠. 여태 공개 안 하신 이유가 있을 거 아닙니까?"

"하하. 역시 그렇죠."

귀찮아서가 절대 아니다. 그의 마음을 헤아려 준 거다.

레이드로 돌아오고 나서 하루 종일. 그는 이 일에만 매달리고 있었다.

레이드 중에도 이 일에 매달렸던 그를 생각하면, 꽤 많은 시간을 이 일에 할애하고 있었다.

'별거 아니라면 아닐 수 있지만. 중요한 일이니까.'

그런 그이니, 아무리 나라고 하더라도 지금보다는 완전히 일이 준비됐을 때 봐주는 게 예의다.

그러니 지금은 아쉽지만 보류다.

"그나저나, 그 일 말고도 분석에 관한 일이 있다면서요?"

"아. 물론입니다. 이게 이번 레이드 때문에 든 생각입니다."

"흠?"

"각자의 이능력을 조화롭게 사용하지 않았습니까?"

"그렇죠."

레이드에서도 운이철은 분명 꽤 도움이 됐다.

그 버프를 떠나서, 그의 분석 덕분에 공격대의 이능력자들은 더 강해질 수 있었다.

적재적소(適材適所).

이능력이 달라질 필요도 없었다. 쓸 곳에 쓰고, 타이밍 좋게 이능력을 날리는 것만으로도 더 강해졌다.

일종의 이능력 조합이고 조화다.

몬스터 웨이브 때도 썼던 방법이지만, 지금은 그가 있고 없고에 차이가 컸다.

효율이 달랐다.

뭐든 글로 배울 때와 실제로 할 때는 다르다고 하지 않나.

그가 실제로 외치고, 즉석에서 분석을 하면서 초 단위로 변화를 준 것만으로도 효과가 달랐다.

전에는 이론만으로 움직였다면, 지금은 실시간 분석이었던 거다.

그 덕분으로 다들 전략가로서의 운이철에게 가지는 믿음은 절대적이었다.

그리고 그 분석에 관해서, 연락이 왔었다.

이 또한 택시 안에서 있을 때 받았던 연락에 포함된다.

"그래서 생각이 들더군요. 조화롭게 사용하기만 하는 거보다는, 더 나아가야 하지 않나, 하는 그런 생각요."

"더 나아가요? 이 정도로도 충분하지 않나요."

"아닙니다. 간단하게는 이런 방식도 있겠죠. 이박 이능력자의 물을 사용 후 기환 씨가 열기를 뺏는다면?"

"급속도로 얼겠죠?"

"그리고 다시 그것에 불을 날리면 급격한 온도 차에 의해서…… 아시잖습니까? 그 정도의 이야기는."

"압니다만은……."

음. 이게 그리도 중요했던 건가.

분명 한 걸음 더 나가는 방식이긴 하지만, 전처럼 실험을 해가면서 나가면 될 일인데.

어 근데?

계속해서 말을 하던 운이철의 눈빛이 달라졌다.

"그러니까 이건 결국…… 이능력의 분석이라고 하는 건. 아!"

분석. 그것에 계속해서 집착하던 그가 빛에 휩싸였다.

"허? 뭐 이거…… 말도 안 되는……."

마음속 가득 당황스러움이 느껴졌다.

〈다음 권에 계속〉

DREAMBOOKS

DREAMBOOKS

DREAMBOOKS

DREAMBOOKS